回声

夏目漱石时代的珠玉名篇

[日] 水野叶舟 著
马晓云 译

清华大学出版社
北京

版权所有,侵权必究。举报:010-62782989,beiqinquan@tup.tsinghua.edu.cn。

图书在版编目(CIP)数据

回声 / (日) 水野叶舟著;马晓云译. —北京:清华大学出版社,2022.1
(夏目漱石时代的珠玉名篇)
ISBN 978-7-302-53959-9

Ⅰ. ①回… Ⅱ. ①水… ②马… Ⅲ. ①散文集—日本—现代 Ⅳ. ①I313.65

中国版本图书馆CIP数据核字(2019)第224162号

责任编辑:纪海虹
装帧设计:甘 玮 万墨轩图书·夏玮玮
责任校对:王荣静
责任印制:杨 艳

出版发行:清华大学出版社
　　网　　址:http://www.tup.com.cn,http://www.wqbook.com
　　地　　址:北京清华大学学研大厦A座　　邮　编:100084
　　社 总 机:010-62770175　　邮　购:010-62786544
　　投稿与读者服务:010-62776969,c-service@tup.tsinghua.edu.cn
　　质量反馈:010-62772015,zhiliang@tup.tsinghua.edu.cn
印 装 者:小森印刷(北京)有限公司
经　　销:全国新华书店
开　　本:128mm×185mm　　印　张:5.5　　字　数:80千字
版　　次:2022年1月 第1版　　印　次:2022年1月 第1次印刷
定　　价:68.00元

产品编号:076624-01

夏目漱石时代的珠玉名篇

目录

0	海滨	76	午后
18	忘却	82	篝火
26	赤城杜鹃	90	落花
30	幼猫	94	老翁
32	深夜	98	手
36	傍晚	104	少女
40	哭声	112	瞌睡
44	落日	116	月下
48	一夜	120	春夜
56	白杨	126	店铺
60	盲女	130	笑声
64	暴风雨之后	134	婴儿瞳孔
68	黑暗	138	唇
72	送丧	142	某月某日

海滨

（一）沙滩海滨

黄昏时分，我们一行七人来到海滨，是我的三个弟弟和一个妹妹、妻子、我，以及即将两岁的儿子，他正趴在妈妈背上。

我们穿过渔村来到海滨，海上已经完全暗了下来。从海上吹来的疾风拂过我们的面庞。海浪冲向呈现单一色彩并无限蔓延的沙滩，波涛声像人的叫声一样在耳畔回响。沙滩在薄暮之中泛着灰白色，延伸至远方。海边一个人影也没有。在制盐所，用来汲取盐水的吊桶上有一条导管延伸至陆地方向。在激浪中，只有三个吊桶在晃动，显得格外冷清和危险。

我们走向沙滩，沙子在脚下沙沙作响。我们离开村庄沿着海边行走，六人大部分时间都是默默地走路。

偶尔有人刚一开口，声音却被吹来的海风和涌来的海浪掩盖，别人完全听不到。我们的衣服下摆被吹起，衣袖上下翻飞，几乎被扯得七零八落，全身都被海水打湿了。七人任由海风肆意地吹着，漫无目的地向前走。

夜色逐渐黯淡下来，波涛一浪高过一浪，不断冲击着海滩。暗沉的海面上空有几颗闪烁着耀眼光芒的星星，像是在漆黑的海上闪闪发光的"火焰之目"。低头看脚下，低矮的野草埋在沙堆中，显得无精打采。夜色中，我们能够看到野草在风中瑟瑟发抖。六人还是默默地走着。

似乎忍受不了黑暗和寂寞，儿子开始在妻子背上哭了起来。

"好了，好了。"

妻子轻晃着背部，低声哼唱起歌谣，声音寂寞而颤抖。我的心情渐渐黯然。

我们已经走了七八百米，或是已接近一公里了吧。转身回望，沙子从村头蔓延至此，泛着清冷的灰色。我们又走了一会儿，不知不觉间，来到了一处 3 米高的地方，像是被波涛冲刷出的山崖。不知何时起，六人已经稍微隔开一段距离,分散着走了。

这时,走在后面的弟弟,也是三个弟弟中最年幼的那位,突然坐在了沙滩上。

"怎么了?"和我并排走着的妹妹赶过去问道。我也赶紧凑了过去。

"累死了。"他们相视一笑。

"怎么了?"走在前面的大弟过来问道。走在最后面的妻子也赶了过来。

我们都坐了下来,刚一坐下,立刻有黑暗和荒无人烟的感觉袭来。海浪不断涨高,似乎是想立刻把这沙滩冲刷干净。海风从正面吹来,吹得人无法呼吸。

这时又有更大的海浪冲来,连山崖顶上也被冲洗了一遍。

"啊……"

较远的地方响起了颤抖的声音。我们这边也同样说道:"啊……"大弟站起来朝着声音方向走去。

我挖着沙子,手指逐渐伸到沙堆深处,指尖能够感受到太阳的余温。我努力想象强烈日光照耀下的画面。然而,看着漆黑荒凉的大海,望着清亮的星光,我无法在黑暗中想象出阳光。

环望四周,妻子在离我不远的地方一动不动地站着。三个弟弟不知从什么时候起已坐在一起看海。在微弱的光线下,沙子呈现出微白色;在微弱的光线下,我们看起来也不过是黑色的影子。

突然,在我们来的方向,海滩上燃起了火苗。

"火!"妹妹口中本能地发出声音。大家都朝着她指的方向望去。

"去看看吧。"一个弟弟说道。三人站起来朝着那个方向走去。在沙沙作响的脚步声中,他们的身影渐行渐远。

"我们也去吧。"

离开沙滩,我们来到村头附近生长着海草的地方。在不远的地方,有堆积如山的东西。火就是在那里燃烧的。我们赶快走到近处,堆积成山的原来是制盐所的煤炭燃渣。火也是来自燃渣。

三人在温暖的火堆旁取暖。我们也走到旁边把手伸了过去。

蓦地一股安心感涌上心头。背上的儿子已经睡着了。

（二）浪——暴风雨

暴风雨的日子过去了。天空平静而晴朗，已经呈现出秋天特有的疲倦之色。然而，大海还是浊浪翻滚。

暴风雨过后，我第一次来到海滨。树根、垃圾、木板碎片被冲刷到海滩尽头，一片狼藉。当时海浪应该很大吧，心里这么想着，我来到了岩石较多的岬角，眼前的光景为之一变。原来有高高沙堆的地方，不知何时变成了我从未见到过的岩石。平时高高突起的大岩石的下端，出现了很大的窟窿。

暴风雨，暴风雨……心中一边念叨着，我已站到岩石上眺望大海。这里是不过百米长的岬角，但由此望去，又是另一番景象。

海浪疯狂地拍打着，拍打着，似乎要冲上远处绵延的沙滩。说到海浪的样子，浪尖的白色泡沫像是执念很深的蛇头。住在海中的千百条蛇觊觎陆地上的住所，疯狂地游动，想要爬上陆地，满心愤怒。然后，它们撞击海岸的回声，在空气中回荡，让人联想到蛇的执拗的叫喊。我一直站在岩石上眺望，不由得被拉入回声之中，想到了海中的各种灵魂。高亢而冷漠的声音、泛红的大眼、惨白的牙齿、带着蛇皮光泽的肌肤……

转头望向海面，目之所及的深碧里，是无边漫延的大海。眼睛逐渐望向远方，海面很高，最后连成一条清晰的线，与天空交汇。没有船，没有任何浮动的物体。

逐渐地把目光望向海面，又缓缓地把目光拉回来，不知不觉间，我忘记了自己所在何处。

然后，我突然忍不住嘲笑起人类来，仿佛自己是从海中爬上来的生物。

（三）老　妇

走过河岸边的林荫，我来到了一个小渔村。现在正是一天中最热的下午两点。

走出树荫，盛夏午时的太阳像燃烧的火，放射出强有力的光芒照耀着大地。

眼前低矮的渔村呈现出被阳光灼晒后的淡黑色。屋檐下有狭长而清晰的黑影。一条道路横穿渔村中央，在烈日照射下，没有一丝阴凉和湿气。路上连条狗也没有，显得十分冷清。波浪声从渔村后方传来，似在耳畔回响。

这是个已经变成化石的渔村。这么想着，我不由得受到眼前寂寞光景的触动，一度踟蹰不前。终于，我又迈开步子，打算走出这个村庄。

朝着村庄深处走，道路两边是静悄悄的房屋。没有一点人声。烈日将砂石路晒得灼热，热浪烘烤得人的身体和脸发烫。低矮黑暗的房子内没有任何人的气息。热风似乎也忍受不了渔村的冷清，匆匆掠过。走到一半距离，我不由得停了下来，四处张望，顿有一股荒凉之感，感觉自己像是在沙漠中的一处破败村庄行走。不时传来海浪的声音，那是一种慵懒、寂寥的响声。在这种寂寞之中，我突然感到像是被什么不可思议的事情包围，一种恐惧感涌上心头。

我鼓起勇气又走了出去。

终于走到村头，映入眼帘的是松树丛生的平原。从松树间的缝隙可以看到，蔚蓝的大海若隐若现。寒冷的疾风忽然从海的方向吹来。我仿佛苏醒过来，想加快脚步离开这个没有人迹的村庄。

我无意中向左侧的人家看了一眼，然后直接停住了。

这是个被煤烟熏得乌黑的房子。外人站在路上就可以完全看到房内的情形。只有一间屋子，屋里有炉子，炉子上放着锅。榻榻米呈黑红色，像是烧焦的颜色。炉子一侧睡着一位老妇，她蜷缩着身子背对门躺着。她的脚下还有另一位老妇倚靠着柱子。两人都穿着深灰色的和服。她们一动不动，像是睡着了。终于，一位老妇缓缓起身，像是在寻找什么。另一位老妇凑过来，在她耳畔轻声说着什么。

　　两位老妇像是在黑暗的山洞中蠢蠢欲动的野兽。一位老妇低声私语后，另一位老妇突然把脸转向我。原来她是盲人。柿漆纸般的脸，鼻和口都融为一体。她似乎是察觉到了什么，试图去感受四周的东西，频频用手触摸榻榻米，像是在寻找什么。

　　起身的老妇仰着脸，沉默了一会儿，终于她又像之前那样倒下睡着了。另一位老妇似乎并不知道发生了什么，她在寻找东西，结果手触摸到了刚躺下的那位老妇的身体。于是，她又凑过去，开始轻声细语。

　　我忘记了一切，一直在看着她们。这些失明的老妇们是什么人？还有，这毫无人的气息的村庄又是什么？

　　这时，突然灵光一现，我想到了"受诅咒的村庄"。

（四）盂兰盆舞

天空逐渐阴沉下来，在微弱的月光下，四周清雾缭绕。不知为什么，我感觉这是个富有深意的夜晚。听说村头有人跳盂兰盆舞，我便自己一人去看。

年轻男女在村中络绎不绝，个个打扮得花枝招展，身穿白色的衣服。村里到处是灯笼。不知为何，我突然有种黯淡寂寞的情绪。

终于来到了村头。马灯上油烟升起，三四个简陋的售货摊并排摆放着，售卖丝带、花簪和点心等。看上去这都是些没有吸引力的小摊。小摊前面站着村里的姑娘们。

鼓声响起来了。在店铺深处拐弯，看到一处很小的、已经破败的神社。进入神社，人群的热浪扑面而来。皮肤黝黑的年轻男子和头发油腻的女子成群结队地聚在一起，真是十分热闹。

我稍微看了一下，便立即走出了村庄。走出一公里回头看，在黑暗的夜空下，那里升起了细长的浓烟。嘈杂的脚步声已经消失，耳畔响起的是穿越松树丛生的平原冲到海滩上的海浪的声音。风飞快地从海上吹来。在微弱的光线下，呈现在眼前的是荒凉的海滨景色。

不时有两三个村民从我身边经过。在松树丛生的平原方向，传来悠长的歌声。我朝那个方向望去，发现平原的入口处有围成一团的人们的黑影。我也慢慢朝着那个方向走去。

这条道路以前是海滨街道。左边是蔓延至山脚下的稻田，右边是海滨沙滩，空旷辽远一直绵延至北方。道路中央有一群人。我开始走近他们。

在走的过程中，我多次听到拖着长腔的歌声。大家在跳盂兰盆舞，二三十人聚在一起，围成一圈，中间是拍手唱歌跳舞的人。

"嗨……吼……"跳舞的一人用已经沙哑的嗓音唱着，大家拍着手，身体前后摆动。单调的舞蹈重复很多次，人们围成一圈逐渐转动。

"我们也加入吧。"

耳边突然有人说道。回头一看，是两个梳着银杏卷发型的年轻姑娘。

"把手绢戴头上吧。这样别人就看不到脸了。"

一位姑娘说道。她把扇子插在背部腰带间，把手绢戴到了头上。然后，两人迈着小步加入到了跳舞的圆圈。接着,一位身材高大的男子也加入进去。

不断响起歌声,都是露骨的笙歌。空气中开始弥漫着汗臭味。

我悄悄地离开人群,歌声追随而来。走出一段距离,我停下来看那群跳舞的人。在天空和四周灰白色的背景下,有一条略微发白的大马路。马路中央有一群人的黑影,疲惫沙哑的声音仍在歌唱。

海浪袭来,传来一阵阵回响。四周空旷,风飒飒地吹着。夜渐渐地深了,天空浑浊厚重,真是荒凉悲怆的光景。我产生了一种像是在荒野中听到蝈蝈叫的心情。

(五)二 岛

我们五个人走出了渔村。一出渔村,便是松树丛生的平原。

穿过松林,我们来到了海滨沙滩。沙子没有被海浪浸湿,露水轻轻洒落在沙子上。低矮的小草埋在沙子里,开着小小的紫花。清晨的太阳照耀着海滨,沾满露水的沙子闪闪发光。草的影子投射在沙子上,显得卑微而脆弱。五个人在沙滩上走着，踩得沙子沙沙作响。

温和的暖风从松林丛生的平原方向吹过来。远处的波浪声听起来像大雨倾盆。海滨沙滩一望无际，但看不到人影。我们五人长长的身影投映在沙滩上。

"可以看到岛！"

其中一人说道。一直沉默不语低头走路的另外四人一齐朝着那个方向望去。在海滨蜿蜒的地方，有一处突出的小山。山脚下是湿润的红土，巨浪冲击而来，溅起白色的泡沫。山顶上长着茂密的草。

我们赶紧走过去。依然没有说话，但是加快了步伐。步伐因沙土而变得沉重，太阳光洒在广阔的沙滩上，没有一丝阴凉，沙子反射着阳光，令我们头晕目眩。

我不由得想到，我们究竟要沉默着走到什么时候呢？抬起眼睛望向远方，蔚蓝的大海呈现出深沉的色彩，似乎带着黑色。我望向地平线那一端，天空十分辽阔。小岛独自立于海浪中，令人感到不安。

我们终于到达那座小岛跟前。说是二岛，但只有一个岛。

海浪从深不可测的海底不时探出脑袋，冲到小岛底部，被撞得水花四溅。风不时地吹来，吹拂着小岛顶部的草。我们站在海边注视着小岛。

"真是个寂寞的小岛啊。"

其中一人说道。

"像是被抛弃了。"

最年轻的妹妹说道。

"被抛弃了。被抛弃了。"我嘴里重复道。

这时，忽然一阵风吹来，将草吹向同一方向。这时，茅草中间忽然有洁白的百合花若隐若现。

"啊，是百合！"

妹妹说道。风又转为朝着海岸的方向，茅草又覆盖回来，花又消失了。

这个小岛是从何时起，立于巨浪之中，经受风吹雨打的呢？

（六）疯　女

我沿着渔村村头的海滨来到松树丛生的平原。路上十分潮湿，在清爽的早晨，浪花在海滨四溅，令人闻到了海浪的味道。

突然，不知从哪个地方传来"啊……啦……哟"的歌声，打破了早晨的宁静。那是悠长的、令人心情舒畅的、清脆圆润的女声。

我停下来，竖起耳朵仔细倾听，歌声似乎是从什么地方传来的，但周围并没有人的气息，我不由得怔住了。海边不断传来浪涛声，松树丛生的平原在前方一公里处出现蜿蜒。我听着波浪的声音，心里还是被刚才的歌声吸引着。身后突然响起了急促的脚步声。

我听到声音回头看，一直等着看到底谁会出现。过了一会儿，从松树中间突然走出一位女子。她微微低头，左手放在胸前，心无杂念地走着。她头发束起，穿着家织布做的窄袖衣服，这是在这一带常见的打扮。

我站在道路旁边，等着这位女子走近。她走到了距离20米的地方，还是微微低头，左手放在胸前，匆匆走着。

等她走近，我才发现，她的衣服没有系带子，袒胸露乳，光着脚。她的肩膀和胸部都十分丰满。

我总感觉有些异样，于是一直盯着她看。她似乎完全不在意我站在那里，依旧自顾自地往前走。走到我面前，她突然停了下来，不可思议似的看着我。

她的眼睛像孩子般清澈。由于长时间风吹日晒，她的脸和胸部黝黑，但脸、鼻子和嘴都有种柔软的、圆润的、温和的味道。她用水汪汪的眼睛一直不可思议似的望着我，突然又好像想到了什么的样子轻轻颔首，又迈开了步子。她挥着右手，像是在打什么拍子。

我想，真是个野母鹿般的女子。

五六天后的傍晚，我站在旅馆门口与最近认识的几位渔民聊天。那位女子又出现了，跟之前见到时的状态一模一样。她看到旅馆旁边那家人有主妇在厨房，便站到面向道路的窗户旁边，小声地说着什么。站在我旁边的男渔民喊道："喂！喂！"然后，走了过去。

主妇也起身来到窗口，侧耳倾听那位女子小声的诉说。之后，主妇说道"今天什么也没有啊"，然后又向内屋走去。

男渔民说道："你快唱歌！如果不唱歌的话，可什么都不给你。"那位女子一副佯装不知的样子站在那里看向别处。

于是，主妇又出来了，把一些吃的放到了女子的左手上。女子用右手捏着吃，三步两步地离开了主妇家。

男渔民跟在后面又喊着："你不唱歌吗？"

主妇也说道："啊，那你唱点什么给大家听听吧。"

那位女子专心致志地吃着满满一左手的食物，似乎把别人的话当成了耳旁风。她走到门前的河边，沿着河岸走去。

男渔民跟在她身后，边走边说："喂，你怎么还不唱啊？"于是，路过的年轻渔民们也跟着一起喊："快唱歌！"

那位女子躲开男渔民们，突然摇着右手，大步流星地离去。

"看来今天不行啊。"渔民们说着又回店里坐下了。

夕阳眼看要落山了，地面开始被夜色笼罩，而天空熠熠生辉。那位光着脚的女子又一个人匆匆走向岸边的道路。在熠熠生辉的天空下，她的背影看起来是漆黑一团。这里的人们似乎在等着她唱歌。然而，并没有传来歌声。那个漆黑的背影渐渐远去，我们像是目送朝着夕阳飞去的乌鸦。

过了一会儿，在座的一人开始讲起那个女子的身世。

那是个疯女人。她住的村子离这里有二三里地。她与同村的年轻男子相爱并结为夫妻。然而，她的公婆顽固地要拆散他们。她生过一个孩子，但没过多久就夭折了。于是,她的公婆以此为借口,硬是强迫儿子与她离婚。

"从那以后,她就疯了。就像刚才那样到处走。"

那位主妇又补充说:"尽管如此,她的歌声真是好听。正常人也比不过她。"

我只是这么想:"那个女子也是一位哭泣过的人。现在变成了疯子,一边唱着,一边在海滨漫无目的地走来走去。"但是,这个疯女人在歌唱的时候是想起了什么呢?

忘却

今天是三月十五日!

时隔六年,老友原田良一从小仓来到东京。这次见面于我自不待言,原田也是感慨良多。我们是初中时代就交好的老朋友,初中毕业后来到东京之后,我们的关系也没有改变。六年前,那时我们分别是二十岁和二十一岁,原田家里发生了意想不到的变化,他不得不回到家乡。从那时起到今天约六年时间,我们相隔两地,一直没有见面的机会。

原田今天突然来到我家。六年来,我们一直没有来往。真是没想到,这个人会突然出现在我面前。看到原田穿着条纹衣服系着扁腰带的样子,我不由得感觉恍如隔世。

我与这位好久不见的朋友对视着,无限感慨涌上心头。长时间以来,我们在彼此眼里都有了令人难以捉摸的地方，虽然感情上觉得很熟悉，但两人还是有些客气。

"你变了啊。"

一人说道。

"你也变了啊。"

另一人回答道。

"你看起来上年纪了。"

"你也变老了。"

这种对话几番来回后，两人开始很珍惜地望着对方的脸。六年来对方是怎么度过的呢？仿佛只是一瞬间的事情。

但是，我从久未谋面的原田的脸上看到了有些阴暗的地方。原田仿佛身边被寒冰包围，他的脸上时不时地浮现出消沉寂寞的神色。他原本也不是爱开怀大笑的男人，但在以前脸上绝对没有出现过这种神色。

过了一会儿，原田突然又看着我的脸，略有深意地笑了（这是他的习惯，想说什么事情时，先笑着观察一下对方的脸）。然后，他从提包中拿出一沓信，放在我面前。

"这些还给你。"

"这是什么?"

"爱子小姐的信。"

听到这些,我大吃一惊。

"你想干什么?"我说道。

"也不干什么,就是还给你。此前从你那里接过这些信,我因自己的事忙得焦头烂额,就没有顾得上读信。我现在想跟你见面一起读这些信,所以带过来了。"

"原来是这样啊。但现在一起读这些东西也没有什么用了。"

"也不是。先试着读一下嘛。"

我们口中的"爱子"是一位音乐家,她是住在牛込(日本地名)的一位军人的女儿。

我与她在音乐老师礒村的家中相识,没过多长时间我们便开始了非常亲密的交往。或许是因为爱子是个特别热情的人,我们二人相识不到两个月,便开始频繁通信,信里全都是不方便示人的、表达炽热感情的内容。这沓信便是我们当时的通信。我和爱子当时做的是"燃烧的梦"。谁都说恋爱是做梦。但我们的关系也不是梦幻般的恋爱,而是像烈火般熊熊燃烧,但又立刻消失。现在看来,那是一个"燃烧的梦"。

之后，有人向爱子求婚。爱子集美貌与才智于一身，深受全天下青年崇拜，发生这种事情也并非不可思议。当时我们还处于美梦之中，两人倒也冷静。

"结婚这种事情，怎么可以拒绝呢？"

这是爱子当时的话。我稍微有些吃醋，但还是冷笑了出来。当时的求婚似乎令爱子心动了。那位男士是爱子尊敬的书法家，我也曾见过几次，他是个稳重、值得信赖的人。后来，爱子惭愧地向我坦白了，我也没有特别在意。有个男人知道我与爱子的关系后，他在爱子面前恶意中伤我。我们的恋情像疾风般发生，如火焰一样熊熊燃烧，最后又似暴风雨离去那样消失了。我失魂落魄，不知所措。现在想来，原田当时是多么担心我啊！然而，那时我甚至都没有向原田坦露我的心声。

不久之后，原田就回家乡了。在他离开的前一晚，我们二人彻夜畅谈。原田的觉悟和勇气令我非常感动。原田决定回到即将破产的家中，一心一意地工作。他的话语严肃而坚定，直接冲击到我的内心。听了他的话，我觉得自己也必须跟过去说再见了。于是，我把从爱子那里收到的信全部交给原田。

我说道："请读一下这些信。读了你就会理解我了。除了你，我无法让任何人读我的信。"

原田深深地点了点头。

"那我就拿走了。我读了之后帮你把这些信都烧了吧。"

"拜托了。"

就这样，我把那一沓信交给了原田。六年后，原田带来给我看的纸包还跟原来一模一样。

"那么，我们一起读吧。"

原田笑着催促道。我当然不会像读其他人的通信那样毫不在乎，但是也已经忘了当时令人心潮澎湃的内容。我先打开了最初的那封信。这是与爱子最初相识的时候写的信，爱子当时非常喜悦。她是个感情炽热的女人，有火一般的热情，因此信的内容也令人十分怀念。就连简单的琐事，她都写得十分生动，直指人的内心，言辞天真无邪而敏锐有力。读着这些信让人不由得联想到这是出自美丽、高贵和亲切的人之笔。读着一封封信，我不由得恍惚起来，思绪全被吸引而去。原田突然抬起头。

"她长什么样子？"

原田没有见过爱子。

"你问我她什么样子?"

"就是你记忆中的她是什么样的一张脸呢?"

"这个……"我真的想不起来她的面容。读着过去的书信,我能回想起爱子当时跟我说过的话,依稀能记起曾经的往事,但她究竟是长着什么样的面容,我还真是想不起来了。

我茫然了。

"到底是什么样子来着……"

原田热心地说道:"那么,你有她照片吧?"

"照片?一张照片也没有啊……啊,好像有,她曾经在音乐杂志封面上出现过,应该现在还有。"

我开始在旧杂志中寻觅起来,终于找到了。这是前年的杂志,我打开封面画第二页,说道:"在这里。"

原田专注地看着,说:"真是有魅力的一张脸啊。"

听他这么一说,我突然产生了有些怀念的感觉,边说着"是吗"边从原田那里接过杂志。

"就是这张照片,下村爱子。原来她长这个样子啊。"

"你不记得了吗?"

"总感觉跟我印象中不一样了。"

"那可能是因为她嫁为人妻了吧。"

"也不是。我当时基本上每天都会跟爱子见面。总感觉她当时并不是这个样子。"

我自言自语道。我无论如何也无法清晰地记起爱子的面容。当时的事情可以反复想起,但那个人像是消失在某处了。就好像在记忆之书中只有她的长相部分被书虫蛀掉了。原田出神地望着我的脸,他的脸上突然浮现出难以名状的悲痛神色。然后,他突然激动地说道:"可以忘得那么彻底吗?"

听到这些,像是愈合的伤口又被撕开,悲伤的情绪涌上我的心头。不过,我只是在追忆爱子,并不是在为两人感情的破裂而悲哀。难以捕捉的人生的悲哀!我的心感受到了这些。

忘却!!这是多么意味深长的命运启示啊。

(选自某人日记)

赤城杜鹃

都会里有很多漂泊者,看着他们的脸,我不由得感叹,每个地方的人都带着那个地方赐予他们的独特容貌特征聚集到了这里。漂泊者聚在一起,形成了都会。

但是,他们都是自己一个人思考,东奔西走地独自战斗。他们有崭新的心,有力量,尽管力量渺小,但又心存希望。大家都知道,有一种因思念故乡而盛开的花,这种花将漂泊者的悲哀寂寞表现得淋漓尽致。

到了春天,在温暖的阳光照耀下,草木一齐苏醒过来。赤城杜鹃在花店里呈现出淡淡的、梦幻般的色彩,在没有叶子似已干枯的枝头绽放。

看到这里,我不由得为这种惹人怜爱的、弱不禁风的花而热泪盈眶。

这种花木被积雪覆盖,在赤城生长,经受风吹雨打,最终被冰封,从秋末一直到寒冬,杜鹃在地面瑟瑟发抖地坚持着，只为等待春天的来临。一旦春天来临，先是枝头呈现出水润的色彩，最终绽放出花朵。花朵随风摇曳，诉说其无常的命运，等到叶子长出，花朵便逐渐凋落。

人们在冬天剪断它的枝条，然后将枝条运到都会，让它在都会绽放花朵。这就像是欺骗一个正在做梦的人，将其带到了都会。等到梦醒时分，柔弱的花朵已被漂泊的命运所玩弄，最终被扔到无边无际的大海里。

试想一下，还有跟这种花命运一样悲惨的吗？

这个都会，是漂泊者的都会。但其中最脆弱无力的漂泊者便是赤城杜鹃。

幼猫

这是一个刮风的冬夜，一只幼猫在黑暗中哭泣。

它是想喝奶吧？它可能是与母猫走散了。它应该是被遗弃了。它的叫声令人不由得浮想联翩。

大风不断地吹着。黑暗笼罩着世界。幼猫在到处找奶喝，哭泣着，迷茫着。

它的眼睛即使可以在黑暗中看到东西，也找不到奶喝吧。它或许找不到母亲吧。

它扯着疲惫的嗓子不住地哀鸣，叫声穿过黑暗和大风传了过来，终于又被吸入了深邃的黑暗。它不饿了吗？它得到爱了吗？还是说，它被丢弃到大自然中后，只要还活着，就不得不一直哭泣吗？

过了一会儿，它好像去了其他地方。就像被风吹走了一般，它的声音也消失了。只有风还在呼呼地吹着。

深夜

深夜,我在门户紧闭的大街上行走。

街灯在暮霭中发出令人心烦的光,虽是熟悉的街头,却是一派空旷寂寞的光景。

街上没有任何活动的人和物。白天喧闹之后留下的是撒落一地的碎纸片,在灯光的照耀下显得格外冷清。

天空阴沉了下来,沉重的、黑暗的、一望无际的天空似乎要坠落到这个都市上。

突然远处响起了脚步声,黑暗中闪出一道身影。我和他相向而行越走越近,两人终于在街灯下相遇。那位男子朝我看了一眼,我也朝他看去。他的脸上是寂寞冷清和战战兢兢的表情,似乎是被什么追着逃过来的。他和我匆匆地擦肩而过。

我的心情突然变得和他一样,仿佛自己毫无防御措施地一个人在旷野中行走,感觉令人恐惧的东西正在迫近。于是，我也加快了脚步。

不知道从哪里刮来一阵风，吹过街道，吹得每家窗户开始作响。听到声音，我突然产生了整个街道在战栗的感觉。地上的纸片突然也像活物一般飞了起来。

大风吹过，纸片静静落下，街道又恢复了寂静。转而大风又起，发出比之前更激烈的响声，然后又消失了。天空的云又开始飘浮起来。我突然有种阴沉压抑的情绪，感觉有什么可怕的事情要发生。

我急急忙忙往家赶，刚打开门走进房间，大雨骤然而至。于是，我的眼前浮现出大自然以太古时期的力量压迫而来的光景。

人们用自己的双手灵巧地创造出什么东西时，不由得感到无限骄傲，仿佛自己已经征服了大自然，这真是可怜的安全感。我们现在仍然无法忘记对自然的畏惧感，那是我们的祖先住在旷野对黑夜和风雨感到恐惧的心情。到深夜的大街上走走看吧，我等人类构筑的文明有什么威严？！

傍晚

一个秋天的傍晚,我与母亲、哥哥、妹妹和弟弟围成一圈坐着。

我感到可怕的恶魔正站在后方嘲笑他们。母亲一边想着心中多年来的梦,一边看着孩子们的脸。她眼里充满慈爱,但由于心有所思而眼神迷离,无法看出孩子们的感受。母亲一直做着与以前一样的梦。

哥哥在想着他的恋人。每当想起铭刻在心的恋人的脸庞,他心中就会充满不为人所知的甜蜜感觉。不过,由于思念着那位刻骨铭心的美人,他正要将其他所有一切都忘掉。以前他曾对母亲多么热爱,他应该为这个家做些什么,他为何身居此处,他心中流淌了多少眼泪等,这些他都要忘记了。

弟弟和妹妹都在思考的是,如何才能多笑,有什么语言可以安慰母亲、讨好母亲、让她快乐地度过那一天。

那是个恐怖的傍晚。他们是否知道这一天有恶魔在身后冷笑呢?

母亲看着哥哥高兴地笑了。哥哥心里想着他的恋人,眼睛含笑地看着母亲。这是多么罪孽深重的虚伪啊!母亲并不知道他的罪孽,心中感到难得的平和。

弟弟和妹妹也无法感受到,令人恐惧的悲伤正在母亲和哥哥心中潜滋暗长。

如果听说脚下这片土地会张开大嘴把人们吞下,那大家该多么狼狈啊!在这个安静的傍晚,很多人的心都因恶魔的冷笑而逐渐失去平静。

哭声

那是一个冬天的夜晚。

深夜,一家人正在熟睡,突然响起了婴儿大哭的声音。无论大人怎么逗他怎么哄他,他还是止不住哭泣。他眼睛似乎看到了黑暗中的什么东西,因极度恐惧而声嘶力竭地哭着。

听到婴儿的哭声,身处薄墙和破屋顶庇护下的大人们也突然感觉,似乎有类似冷漠背影的东西在深夜里窥视着大家。听着婴儿颤抖的哭声,我们一家人面面相觑,脸上都是不安的神情。

这时,风吹打着家周围的树丛,突然发出嘈杂的声音,有树木晃动的声音、风吹打窗户和屋檐的声音,令人感觉似乎有什么东西向这个家袭来。于是,婴儿又提高了音量大声哭起来。

婴儿的母亲抱起他,哼起摇篮曲。不管她怎么安抚,婴儿还是不停地哭。于是，她转过头来看着我。

"为什么呢？到底是怎么了呢？"现在不光是婴儿，连大人们也产生了深切的恐惧之感，这在他们的眼神里体现出来。

我瞬间觉得，现在居住的都市突然成了荒凉的旷野。幸存的人们聚集到在一起，设法先熬过一夜。不管是亲密还是陌生，人们为了应对眼前恐怖的环境，暂且把怀疑放到一边，互相依偎在一起。然而，恐怖的破坏者正站在黑暗之中，从这个破家的墙壁之外、从屋顶上窥视着我们。我们也不得不体验着末日来临的恐惧之感。

婴儿哭得更凶了。我不由得想，不知道这是谁家的孩子。我们只是为了尽可能地跟更多的同类居住在一起，才把他抱到了这里。然而，他的眼睛、他的肌肤感受比我们这些成人更加柔软和敏锐，因此也比我们更加清楚地看到和感受到恐怖之物的模样，于是哭了起来。听着他的哭声，我们也不禁感到恐惧。

周围是死一般的冰冷气息。它在逐渐靠近，现在似乎与我们仅一墙之隔。

"为什么会哭成这样啊？"

我也无力地说道,发出了绝望的叹息。

"为什么呢?"

上了年纪的人用颤抖的声音说道。这时,婴儿突然停止了哭声。于是一家人又陷入了沉默,只是互相对视着。外面还有风吹的声音。

婴儿累了,趴在母亲怀里睡着了。婴儿的哭声戛然而止,大人们的心也逐渐沉静下来,灯光也变得朦胧起来。于是,年老的人先睡着了。整个房间都开始弥漫着微弱的疲惫气氛。风还在呼呼地吹着。

我们不知不觉地进入温暖的梦乡。

落日

秋末，我站在山丘上看落日。

太阳渐渐地在对面山丘的森林落下，多日未下雨的天空像是要燃烧一样，一丝风也没有，随着时间的流逝，太阳逐渐落下，像一团熊熊燃烧的火球在滚动，在黄叶漫天的森林上空熠熠生辉。

黄叶一齐反射着阳光，衬托出树木悲凉的影子。多么静谧的光景啊！你看，寂静和悲凉的气氛正在天地间弥漫。

"今天一天马上就要结束了。"从这种静寂深处，从熊熊燃烧的落日之火中，这种声音以不可抗拒的力量呐喊出来。

我看着落日，顿感自己被"庞然大物"的悠久和寂静包围。我调整视角朝山下望去，低矮房屋组成的村庄即将进入梦乡，嘈杂的回响传过耳畔。人们正匆匆忙忙地来来去去。他们像是被什么追赶着,他们的头上似乎被灭亡和荒败之力压迫着,他们像是被令人不安的大手由今天送到明天的囚犯。他们看起来不正像是脖子上挂着沉重的石头一直在苦苦挣扎的样子吗?可悲、寂寞和不安,这正是傍晚步履匆匆的人们的真实写照。他们在傍晚像是有很多话要说的样子吗?像是感到十分骄傲的样子吗?分明像是被神灵诅咒的样子吧。他们在挣扎着、叫喊着,被时光流淌之力牵引,被由今天送到明天。

太阳似乎对所有的一切都不知情,慢慢落到森林之中。余晖洒满天空,晚秋的凉风吹得枯萎的小草微微作响。

站在这永不停息地重复着的事实面前,我们似乎背负着沉重的负担不断徘徊。

"活着是为了什么呢?"

我们将不得不多次想到这个古老的问题吧。

一夜

去年初冬，我搬到了大森林旁边。这是一个晚上发生在家里的事情。

吹打着这个小家的风像吹过武藏野平原的寒风一样冰冷。家里有五个房间，其中一间光线较暗，走进这个房间，立即有阴冷潮湿之气扑面而来。我总觉得在这个家的地下有非常深的洞穴，洞穴之口正开在这个房间。我是专业医生，由于这一时期竞争激烈，所以想搬到郊区新开一家诊所。我的家庭在外人看来是极为平凡和睦的家庭，但当我一个人在寂静的夜晚打量着家里其他人的脸时，不由得感觉人生就是孤独寂寞的，似乎是各处走散的人们暂时聚在一起互相安慰。我的妻子等人虽然还年轻，但逐渐被这阴郁的气氛感染，像起初那样大声欢笑的情况越来越少。

我们四人生活在一起，分别是我年轻的妻子、我的姨妈和妻子不满五岁的外甥女。姨妈六十三岁了,很早就成了寡妇。她年轻的时候曾在大户人家当用人,充满仪式感的沉静气质已经深入骨髓,一看她就是恭谨有礼的人,但又让人感觉她心已凉透、从未发自内心地笑过。然而,她的脸上又有一种力量,眼睛也有一种与她年龄不符的清澈之感。她那高耸的鼻子,她的嘴角,总让人感觉蕴藏着一种让人与她的安静心灵同化的力量。经常在安静的午后,我一进入房间,发现姨妈倚靠在柱子上,像平常一样嘴巴紧闭,低头沉思。

"姨妈,怎么了?"

听了我的问话,姨妈并没有抬头,回答道:"啊?哦,又在想好一了。"

好一是姨妈的独子,但他在十八岁的时候去世了。我们无法想象,这件事令姨妈多么痛彻心扉。说起来姨妈算是我们的管家,她对我们也十分客气,但她阴郁的表情总会让人产生一种恐惧之感。妻子跟我提及姨妈时,不管说的是什么事情都要压低嗓音。那完全是一种触碰恐怖之物的态度。

妻子的外甥女是她姐姐家的孩子。她姐姐嫁给了一位陆军大尉，但她丈夫在旅顺战死了。她姐姐抱恙多年，在丈夫战死之前已经病死。于是，他们留下来的孤儿就由我们抚养。妻子经常念叨，其实我也是如此，每当看到这个孩子的脸，她叫俊子，眼前就会浮现出姐夫和姐姐的模样。姐姐夫妇似乎一直站在俊子身后，有时他们的脸会挡在我们与俊子之间。俊子从小就时不时跟我们同住，一直把我们当成父母，叫我们"爸爸""妈妈"，是个活泼伶俐的孩子。我这种没有资本的人是难以适应东京的激烈竞争的。在我看来，我们都是落魄之人，就是这样的一群人住在了一起。

在我们搬过来不久的一个晚上，我记得是十二月十五日之后的一天，那是一个十分宁静的夜晚。我们像平时一样默默地坐到了深夜。这是多么愚蠢而无聊的习惯啊。不知什么时候起，我们经常这样，什么也不说，面面相觑直到深夜。在这种时候，姨妈总是正襟危坐，口里念着佛经。听着这个声音，我们不由得产生悲凉、灰暗、即将坠入地下的感觉。于是，我哑然失声，妻子悄悄看着我的脸，递给我一个诉说她恐惧的眼神。尽管如此，没有一个人提出要睡觉。那个晚上也是如此。夜色渐深,黑暗笼罩着这个小家。远处突然传来鸡叫声。受到影响,近处人家的鸡也叫了起来。嘶哑的、悲伤的声音在寂静的黑暗中回荡。这时,俊子突然在隔壁房间放声大哭。

"是小俊。"

妻子非常吃惊地起身过去。于是,俊子立刻不哭了。

片刻间我们什么也没想。俊子刚停止哭泣,突然从隔壁房间出来了。她摇摇晃晃地走过来,一直盯着我的脸看,然后又摇摇晃晃地朝另一个房间走去。她的眼神是放空的,似乎有什么东西在控制着俊子的灵魂。

"小俊!"

我警觉地喊了起来。姨妈用她平时所没有的瞪大的眼睛敏锐地看了我一眼。俊子像是听不到一样,站在房间入口看着某处。

"小俊!"

妻子突然在我身后喊了起来。我大吃一惊回头一看,姨妈又在看着我。妻子叹了口气坐了下来。那时,姨妈突然站起来,俊子又走进了隔壁房间。我也站起来,又叫了声"小俊",像是呼唤远方的人。

正门的纸拉窗开了。我急忙朝那个方向走去。俊子拉开门正要往外走。

我把手搭在了俊子肩上,边说着"小俊"边轻抚她肩头。我正想抱她,俊子一声不吭地要推开我的手。我用力抱起她,她声嘶力竭地大哭起来。妻子大吃一惊提着油灯走了出来。我也吃惊地伫立在那里。我想,谁也不曾有过如此恐怖的经历。不知什么时候起,姨妈站在了我右边。她的眼睛闪着光,好像在怒视什么。姨妈的表情充满着残忍和嫉妒。她的脸没有血色,看起来更加苍白,眼睛发出难以形容的恐怖之光。那眼神像是猛兽瞄准人类准备袭击时的眼神——不,这都不足以形容姨妈的眼神。我差点就失声喊出"恶魔"。

然而,随着油灯的光逐渐走近,所有的光景都为之一变。姨妈低下了头。俊子也突然停止了哭泣。

她叫着"爸爸",如梦初醒般朝着我笑了。妻子从我身后呼吸急促地喊着"小俊"。

我稍微沉默了一会儿,说:"大家一起去那边吧。姨妈也来吧。"

姨妈像平时一样恭谨有礼地走起来,大家也都回到了原来的房间。于是,大家刻意愉快地聊起天来。

但是，谁的声音都没有活力。

经常有人说，猛兽不管与人多么熟悉，也会有冷不防露出野性的时候。每当听到这种话，我都会内心颤抖着回想起那段记忆。与那种情况类似，有时也会有恶魔的影子映射在人们的心灵上。

白杨

已有两个月不下雨了。在灰尘的覆盖下,整个城镇黯然无光,看起来像是个毫无生气的老人。偶尔有风吹过,扬起一阵阵尘土。电车络绎不绝地经过,引发连续的地面震动。工厂汽笛在鸣叫,人的脚步声不时传来。这个大都市大口喘着粗气,看起来疲惫至极。

我在这个地面和屋顶都是灰色的城镇行走,自己也被城镇的疲惫和悲伤感染,背部骤然弯曲,俨然一个绝望之人。我不知道该怎么形容,似乎自己变成了迟暮老人。

我无精打采地走着,突然抬起头,午后的日光照在灰蒙蒙的城镇上空,令人感到无限落寞,而电车沿路有一棵白杨,枝头长满了花朵。看到这里,我立刻停住了,不由得感叹不已。

笔直的柔软的枝条在剪过的老树枝上丛生,与垂柳并排而居，像是一个站在他乡人群中回忆故乡之事的外出打工女。在水面涨起的河岸，在清风的吹拂下，银色的叶子背面被翻转过来，它似乎想起了往事。

在这种热闹中，在灰尘覆盖下，花房有些发黑，显得毫不出彩。我不禁联想到这棵白杨的漂泊生涯，边走边感到哀伤。

于是，我反复产生了这样的念头："为什么还不快下雨啊？！"

盲女

太阳渐渐下山了。地面上拖曳着长长的影子。天空完全放晴，蔚蓝的色彩中透着光芒。

风又开始吹起来，从这个城镇吹到那个城镇，将干燥的沙土吹了起来。沙尘蔽日，四周一片昏黄。人们对晴空和黄沙有些厌倦。

我此刻来到了一处新建城镇，笔直的围墙连绵不断，一位女子抱着拐杖蹲在新建的大门前。路过的人都诧异地回头张望。我也像别人那样悄悄看了她一眼。她脸色苍白，脸颊深陷，鼻子小而尖，泛着油光的头发梳着银杏卷。她是个盲人，背对着太阳蹲在那里。我停下来看着她。有位年轻的农民拖着车路过这里，看到这个女人，也很好奇地瞟了一眼。当他的眼睛看向我的脸，又立即沉默着走远了。风停了，所有物体在地上的影子都拉长了。仅剩的一棵杉树的影子、在建的大门的影子、盲女蹲在地上的影子、我站着的影子，所有的影子都变长了。然而，这个盲女还是没有抬起头，手也不动。后来我便离开了。

我本来想问她："你想到哪里去？"但最终还是没有那么做就直接走过去了。想到这里，心中有些不安。

风又将沙尘吹了起来。黄色的沙尘将那个蹲着的女子包围了。

暴风雨之后

时隔好久下了一场雨。田野风景和人的心灵完全变了样子。人们刚喜不自禁,却又遭遇了暴风雨天气。风刚把云吹走,却又不知从哪个地方将云吹了回来。天空刚阴沉下来却又立即放晴。这真是个令人压抑的日子。旋风将庭院里的花草吹得七零八落,房屋也剧烈晃动起来。

我像个挣扎着前行的人,浑身汗津津的,十分痛苦,刚仰面躺下就感觉疲劳袭来,不知不觉就睡着了。刚睡着没多久,我睁开眼睛,发现自己被摇醒了。

暴风雨停了。周围一片静寂,房间变得昏暗了。我竖起耳朵倾听,远处传来狗叫声。我走出家门,略带紫色的青空含着水汽,十分柔和,使人联想到重叠的花瓣。天空撒满了星星,真是个沉静、湿润、梦幻般的傍晚。没有一户人家传出忙碌的声音。树林一片漆黑，在夜空中映出特别清晰的影子，我还是能听到远处的狗叫声。

在富含水汽的沉重空气中行走，我突然有种被吸引至温暖梦乡的感觉，又像是掀开厚重的幕布进入了不为人知的花园。在极为静谧的深处，一切都栩栩如生。

我想，是不是有人在里面呢？于是我朝着微暗的深处瞟了一眼。耳畔响起了喃喃细语，似乎身后有人。我不由得长叹一口气，总感觉好像被人盯着。我环视四周。没有鸟叫，什么声音也没有。在黑暗之中，我模模糊糊地看到白色的野花。

黑暗

离开村庄,道路骤然陷入了令人不安的漆黑之中。天空闪烁着璀璨的星光。我在路上摸索着行走,总感觉有十几重、二十几重黑暗将我包围,似乎有什么东西压迫着我的心脏。

春天已经越来越近了。温暖的风吹来,令人怀念和心动,这是个让人做梦的夜晚。

在我前方有位男子以跟我相同的速度在走着。走出村庄的时候,我看到有个穿着条纹棉大褂的人先走进了黑暗之中。现在在我前面走着的男人,应该就是当时那位吧。

道路从这里直通森林深处。夜色更加浓重,我感觉自己将要进入漆黑的洞穴。前面的男人以同样的速度进入了黑暗之中。我有种要被黑暗吸入的感觉。

看着他的背影,不知为什么,我总感觉前方有不可思议的东西，于是在入口处站住了。一眼望去，漆黑的森林像是深不可测的大海。眼前是无边的黑暗，我突然产生了一种对神力的敬畏之心。

我站在那里，不敢踏入其中。凝视眼前的黑暗，森林入口处有一棵很大的常绿树，枝条上有无数小东西，像阳光下的热气流一样急剧翻腾。森林深处更加激烈和纷乱，黑暗似乎要喷涌而出。我仔细看小东西活跃的样子，发现它们在上下跳动的同时似乎又在狂叫。

我仿佛听到了深处传来激烈的叫喊声。

我感到身处声音的包围之中，正当这时，黑暗中"咻"的一下亮起了火。昏黄的小火苗在黑暗中燃烧着，立刻又消失了。它的痕迹被黑暗吞没，小东西再次跃动起来。于是，森林里传来说话声，声音离得越来越远，逐渐消失在森林深处。听到这些，我总感觉里面有不可思议的东西，因此半步也不敢踏入，后来还是另寻其他路线回去了。

送丧

今晚的月光清冷而悲凉。

夜深了,街道和屋檐都仿佛冻结了一般,凛冽的寒风肆意地吹打着各个村落。

整个村庄都已入睡,紧闭的门户十分寂静,每个人都守候着自己的温暖梦乡悄然沉睡。

深夜,我一个人来到街上。

在某个街道拐弯,我来到一个斜坡。身后传来沉重的、似乎在搬运东西的声音。紧接着,响起了七八个人的脚步声和粗重的喘息声。

我爬到斜坡中间,那些脚步声也追了过来。我仔细一看,原来是一群人在搬运灵柩。他们从我身边迅速经过。

抬着灵柩的是两位年轻男子,他们身后跟着七八个人。

跟在后面的人都默不作声地快步走着。月光静静地洒在灵柩上,似乎想偷窥一下死者遗容。盖在灵柩上的白布条被风吹拂着。抬着灵柩的两位男子的拐杖在冰冻的地上发出寂寞的声音。跟随在后面的人们步履匆匆。人群中传出阴郁的叹息声。

送丧的人们迅速爬过斜坡,之后在广阔的街道上沐浴着月光,成群结队地走着。人群渐行渐远,最后完全消失了。

只有拐杖的声音和脚步声还会隐约传来。

我目送着他们,一个人沐浴在月光之中,不停地思考他们会把这具尸体运往什么地方。

午后

这是一个极为安静的秋日午后。

稀薄的阳光洒在窗户上，微风习习。天空十分清澈，令人心情沉静。远处有阵阵回响，我们的心灵似乎也要脱离身体，一股幽寂之情涌上心头。

我坐在那里，有种看透幽寂之深的感觉。突然，吉村走了过来。虽然我们不是经常来往的朋友，但看到他的脸，我还是有种久别重逢之感。我自己内心感触良多，吉村的脸上有种不太多见的特别表情。

吉村走过来倚在窗户上低低地说了声"呀"，眼神一直处于涣散状态。我不由得产生了一种迎接长途旅行归来的朋友的心情，默默地注视着他。吉村本来就是个看起来寂寞的人，今天看起来特别寂寞（男人说感到悲伤时实际上指的是感到寂寞）。他的眼角和鼻子周围泛着红，灰头土脸，神色疲惫。

两人突然对视了。吉村紧闭着嘴唇。

"怎么了?"

我问道。

"夏子死了。"

吉村突然用低沉的声音有所顾忌似的说道。

我问道:"是那个当画家的夏子吗?"

吉村点了一下头。

两人的对话戛然而止了。吉村在看着我的脸,但他的眼睛里并没有我。我们都默不作声地各想各的。我也看着吉村的脸,突然有种死后的世界近在眼前的感觉。这并不是我凭空想象的。那种感觉就像是,即使好朋友去了很远的地方,我们也可以感到他近在咫尺,非常亲切。

吉村沉思着,突然又抬起头说道:"我本来是来告诉你夏子的死讯的,但不知为什么又感觉无法跟你说出她已经死了。"他停顿了一会儿,又继续说道:"当看到眼前的遗体,我知道她已经死了。当我离开那里,不知为什么,又有种似乎她去了远方的感觉。"

吉村不说话了,默默地看着我,他的眼神里充满着落寞。我虽然知道在别人说这种话的时候应该对他表示同情，却还是沉浸在自己的感受里。我在听吉村说话的时候，反而想到了自己老朋友去世时的情形。因为自己还活着，感觉与死去的朋友非常疏远了。因为故友已不在人世，所以渐渐地眼前不再浮现出他的身影，不再有和他互诉衷肠的冲动。我想到他的时候，感觉就像做梦一样。那么，死去的那个人现在是如何看待我们，又有着怎样的感受呢？就像陌生人来到我家门前一样，（死去的朋友）那个人也会突然出现在我面前看着我吗？我有时会忘记那个人，那时他会怎么看待我呢？我被吉村那张忧郁而感触良多的脸所触动，于是想到了这些。

原本洒满阳光的窗户突然暗了下来。我突然感觉整个家都被灰暗寂寞笼罩。吉村又说道："你有没有过这种感觉呢？亲近的人一个个死去，就像树叶一片片凋零一样，死后的世界似乎就在眼前。我去年失去了伯父，现在夏子又死了……"

话未说完，他又闭嘴了。他的表情极度阴郁，似乎死亡在他眼前迫近。

周围没有任何声音，一片静寂，仿佛这个世界只剩下我们二人。

过了一会儿,吉村又说道:"不过,对于夏子来说,可能死亡是更幸福的呢。有生之年到底能不能一直画下去也未可知呀。"

他断断续续地说着,逐渐变成了自言自语。

"活着不会不幸的。"

我没来由地反驳起吉村来。

吉村又说:"也不是呀。艺术家与美人一样,弄不好可能会沦落到不可救药的悲惨境地。"

"也不光艺术家是那样。"

"不是的!"

吉村突然激烈反驳起来。两人的对话又停住了。

过了一会儿,吉村突然站起来,说道:"我回去了。"说完,他就走了。我默默地目送他的背影远去,并没有挽留。

吉村回去后,我深有感触地说道:"夏子去世了啊。"这时,吉村的表情更加深刻地直触我的内心。

真是个冰冷的午后。

篝火

今天，篝火旁又聚集了常来的四五个人（篝火处是我弟弟和伙伴们经常集合的地点）。我走过去，年近十六的宫本稍微往旁边挪了一下为我腾出空位，他是一位外交官的儿子。

平时从未加入的我突然插进来，大家脸上都浮现出不自在的表情。吉山露出一丝奇怪的眼神，一边盯着我一边叫道："小恒的哥哥啊！"他脑袋大，长着龅牙，是个爱开玩笑的人。我看到他滑稽的表情不禁笑了起来。吉山一边说着"哪里好笑啊"，一边故意环视四周。于是大家都笑喷了。

不知道有何有趣之处，但这些家伙似乎如果不聚到一起就难受。他们下午一放学就到这里点起篝火，聚在篝火周围笑着闹着，一直到太阳落山。他们的聚会地点在后院一棵大栗子树下的田地中。倚靠着栗子树的是我的大弟弟，他右边是吉山、左边是宫本，吉山旁边是我最年幼的弟弟，之后依次是佐藤和津村。佐藤的父亲是附近一家大名华族的管家，津村是一位数学老师的孩子。

火渐渐地要熄灭了，吉村起身抱来杉叶扔到火堆里，立刻烟灰飞扬。升腾起的浓烟打着旋飘向宫本的脸。

"太过分了，小健！"被烟呛到的宫本说道。

吉村却平静地说："烟不是我生出来的。"大家听完又笑了起来。

我也跟着一起笑，突然吉山凝视着后门方向，小声说道："好像有人来了。"

大家也都朝那个方向望去。后门站着一位身穿条纹和服的瘦削男人。我回头看着那个人的脸，心里琢磨这人是来干什么的。然后，我站起来朝着那个方向喊道："喂！"

对方也说着"喂"，似乎有些拿不准的样子，目不转睛地盯着我的脸。

我走了五六步，说道："这不是青花君吗？"他好像终于反应过来的样子，说："哎呀！"

我说："快进来吧。"

他礼貌地回答道:"好的。我是从本所的熊谷来办事的。"说完,他回头示意车夫把大木箱卸下来。

他继续说道:"这是老家给的东西,不成敬意。"

"啊,这样啊。请稍等。"说着我进了家门。

我把青花君带到客厅,等他坐定,我开口道:"好久不见了啊。"青花君以一种似乎觉得有什么误会的语气说道:"好久不见。"

我仔细地打量着他的脸,眼睛深陷,脸色瘦削而蜡黄,没有一丝温情。他时不时露出严厉的目光悄悄地看一下别人。声音十分沙哑,喉咙一点儿也不湿润。

我与他两三年前在某个绘画研究所见过两三次面。我们算是画友。我好像看过他的一幅水彩画,笔法疏瘦无力。

两人沉默不语,过了一会儿,青花君突然不可思议似的询问道:"请问您有哥哥吗?"

"没有。"

我一边好奇他怎么会提出这么奇怪的问题,一边看着他的脸。

"熊谷的伯母在我来时说过,有个叫山村安的……"

"那是我。"我插嘴道。

"这样啊。我刚才看到你的时候,以为他是你哥哥。原来是你啊。"

"对,是我。"

"这样啊……"

青花君目不转睛地看着我的脸,突然换了个语气说道:"原来你就是那个小安啊。伯母说过,去山村家,见到小安,问问他以前的事情。"

"哦。"

"在很久以前,你家在下谷。那时,我家在熊谷,离得很近。我当时住在伯母家,据说当时经常和你去同一个地方玩。"

"这样啊。"

我一点儿也不记得这些事,于是回答得有些心不在焉。青花君却越说越热情,他说道:"所以,伯母说,你遇到小安,肯定会听到很好玩的事情。原来你就是小安啊。真是奇遇啊。"他在说"奇遇"时特意加重了语气,我于是赔着笑说道:"有这种事情啊。"我只能这么说。在我看来,青花君所说的那个"小安"似乎是除我以外的另外一个人,现在硬是变成了我,而且还变成了奇遇。但青花君似乎并不在乎我的回答,继续说道:"不是有条从上野的三桥流经御徒町的河吗?我们两个人那时好像经常去那里玩来着。"

我又重复道:"有这等事来着啊。"青花君的话头似乎被打断了,他紧闭嘴唇用怀疑的目光悄悄看了我一眼。我觉得过意不去,于是把话题转向绘画。

"你最近画什么呢?"

青花君强打起精神,说道:"我一直很专心地在画,但就是水平提不上去,我最近在研究色彩。"不知为什么,他突然骄傲地笑了。

"这样啊,还是水彩画啊。"

"对……水彩画的生命还是在色彩上啊……"他耸了耸肩说道。他正要继续说的时候,走廊的纸拉窗开了,母亲走了进来。母亲坐在那里看了青花君一眼,两人寒暄了一番,"刚才我收到了特别珍贵的东西,"母亲回头看了我一眼说道,"这是你朋友吗?"

"对,他是画画的。他与我同在御徒町时我们曾一起玩耍过。"

母亲立刻浮现出一副奇怪的表情,边说"是吗"边悄悄看了青花君一眼。青花君像是又得到机会一般,说道:"熊谷的祖母说,你去山村家见见小安,两个人一起说说以前的事情。"

"是啊。"母亲也跟我说着同样的话,带着一副无法苟同的表情看着我。青花君又说道:"听说,我们当时曾一起去流经御徒町的河里玩。"

母亲一副丈二和尚摸不着头脑的表情,说着:"是这样啊。"青花君又是一副被泼了冷水的样子,大家陷入了短暂的沉默。终于,他似乎突然想起了什么似的回家了。

后来,我问母亲:"曾经有过这种事吗?"

母亲说:"我一点儿也不记得。在熊谷曾经有过这样一个孩子跟你一起玩过吗?"

"总觉得他有点儿令人讨厌啊。"我道出了自己有些不痛快的心情。

母亲也说道:"我也觉得不太愉快。"

太阳已经落山了。我又到了后面篝火处去看。大家都回去了,篝火已被水完全浇灭。站在薄暮之中,我的眼前突然浮现出青花君的脸。于是,我心中涌出一股无法言说的、被硬套近乎后的不痛快情绪。

落花

在湿润的空气中，上野的樱花盛开了。站在花下，饱含水分的湿重空气冷冷地落在肌肤上，令人感受到周围的深邃。站在这灿烂的树荫下，人们不由得触景生情。花还没开多长时间就不断飘落。樱花落在地上，已是一片雪白。

踏花而行，春天仿佛是一个谜。繁华与凋零，欢乐的美梦和梦醒后的寂寥，都融为一体，充盈于天地。在樱花盛开的时节，我去了上野图书馆一个月时间。

一天，我跟平时一样到图书馆借来参考书阅读，有一位年近六十岁，身体因长期喝酒而变得肥胖的男人走了进来。他的头剃得锃亮，脸部皮肤光洁但留着粗犷的胡须，显得十分威严，不过眼神和善，看起来是个好人。他在我正对面的椅子上坐了下来，解开紫色的包袱皮，把一个小砚台放在了那里。他把一个折成四折的本子延展开来，然后又去搜寻着什么，后来终于抱着二十册古书回来了。落座后，他从包袱皮里拿出《明君逸话》第五卷，上面写有"松平容保公"等。我不由得感到陈旧的气息。

过了一会儿，我有些累了，便来到了运动场。樱花还在不停地飘落。蓦地抬头，樱花像阴天的云朵一样遮蔽太阳，层层叠叠，像是舒展着的湿素绢。

来到出口旁边的一家茶馆前，一位大嘴老妇在不停地说着话。刚才坐在我对面的那位老人用一只手抚摸着胡须，微笑着倾听。我不由自主地坐了下来。那位老人看了我一眼，摆出一副并不在意的表情，他看着那位老妇，说道："那么，那天晚上那个男人醉了啊。"于是，老人旁边的一位瘦骨嶙峋、肩膀倾斜、肤色黝黑的男子边抖着肩膀边语速飞快地说道："那是，要在昔日，他可是个长矛在手天下无敌的男人，如今还是老了啊。"

光头老人煞有介事地说道："如果是昔日的话……"他们好像说的是一个伙伴在居酒屋吵架的事情。

两个人就此打住话头，边吃点心边对视。那位瘦骨嶙峋的男子眼睛细长眼角上扬，额头两侧头发秃得厉害，乍一看是张十分彪悍的脸。他的脸十分符合我们想象中的剑客形象，年龄大概是五十四五岁。

两个人终于结账起身回家了。我倚靠着那里的柱子，突然由那两个人的脸联想到了江户时代的武士。那是与上野寺庙里的石灯笼和古老的朱红色大门一起成为"往昔"的武士的面容。

他们可能是作为"过去的时代的说明"而活着的人吧。他们有威风凛凛的胡须和彪悍的眼睛，完全不像是生活在现在这个时代的人。他们可能在傍晚边大谈自己昔日的功劳，边惊叹不断变化的世态，互相颔首，一起在花下漫步。他们肯定完全不考虑生活在现在的事情，只是专注地想着昔日是什么样子。

静下心来，我似乎听到哪里传来"时光"流淌的声音。看着无法跟上时代变化的人们，"昔日"似乎已被远远抛在我们身后。但是，我们所认为的"现在"会持续到什么时候呢？只为某个时代而生的人终有一天会成为代表"昔日"的纪念品。这真是天地间难以解开的谜团。

老翁

温柔的风轻轻吹拂着嫩叶,发出窃窃私语般的声音。人们已经可以从阳光里感受到夏日的热烈。无论从哪个方向都可以看到树丛深处。一到这时候,每当回想起从前,我的心总是悸动不已。

那是一个午后,我来到一个到处是新板壁的新建村落。行人很少,空气略微潮湿,我在这个令人心旷神怡的路上走着。嫩叶呈现出水润色彩,在太阳下闪闪发光。新开垦的空地上已经长满野草,被砍倒的栗树和榉树已发出新芽,长出柔软的嫩叶。突然出现了始料未及的情况,我听到似乎从哪里传出盖房子的声音。

我边想着"马上就是夏天了",边加紧脚步来到了自家门前。大门外面站着一位老翁。

这是个陌生人。我佯装一位路过的人,停下来看着他。他身材高大,骨骼结实,但像枯木一样无力,腿脚在发抖。他右手拿着一顶脏帽子，拄着拐杖，好像在窥探着什么的样子。

我不由得有些生气，于是边发出脚步声边走近。他蓦地回过头来，带着多疑的眼神盯着我。过了一会儿，他又变了脸色，摆出一副佯装不知的表情，看都不看我一眼，转身离开了。老翁步履蹒跚，一副疲惫虚弱的样子。

看到这里，我突然想起了别人来通知一位老朋友去世消息时的情形。那是夏末的一个午后，我在午休时间回来，宿舍入口处有一位陌生男子，他周围站着四五位我的同班同学。我至今清楚地记得那位陌生男子的脸。他皮肤被太阳晒得黝黑，表情十分疲惫，眼睛细长而凹陷，每当说话的时候，总是不自觉地以一副疑心很重的眼神时不时地盯着周围人。我回想起这些，茫然地思考当时发生的事情，不知何时起，那位老翁的身影已经看不到了。

一阵风吹来，轻轻地吹拂着嫩叶摆动。天空中没有云，一派静谧而庄严的气氛。我想到可能会有意料不到的事情突然发生在自己身上，产生了被某种东西威胁的心情。

前兆有时会让人内心浮躁，我非常相信这一点。

手

时隔好久,我拖出装有信和旧稿的行李箱来看。这是我的毛病,有时会没来由地产生一种寂寞袭来的心情。这时,眼前看到的东西、绿色的树木、灰色的房屋,都会浮现出来,寂寞情绪在胸中蔓延。我会不由得回想起以前的事情,觉得自己似乎只是为了悲伤而生的。这种时候我必然拖出旧行李箱在里面搜寻,想看看有没有以前的什么东西让我十分惊讶,而我又是如何将它们忘记的,我会非常强烈地希望将以前的事情回想起来。我在行李中搜寻了好久,与其说都是眼熟的东西,更多的是已经看习惯的信和记忆犹新的日记。我难得产生了希望将什么东西拥入怀中的心情,搜寻的结果是没有什么可触摸的东西,不由得失望起来。

　　今天又犯了老毛病,我拿出行李一心一意地仔细搜寻。以前在接到某些信时能够强烈感受到怀念情绪,现在拿出来看没想到产生了腻烦心情。长期以来的日记等也全都写的是无聊之事,我完全不能深切体会自己当时的心情,不由得觉得自己十分肤浅。就这样,我失望了,仰面倒下,茫然地看着天花板。即使这样,我还是感觉无比寂寞和不满,于是又将手伸入行李箱中,从中取出一本日记阅读。

这本日记是去年 9 月至冬天写的。我随手翻阅,发现其中有这样一节。

读着这一节,我不知不觉间被吸引进去,之前的心情一扫而空。

九月二十二日

我与高田君二人从吾妻桥乘船去向岛看秋草。

我走着走着,不由得感受到秋日特有的哀情。午后的太阳斜斜地照着,两个人的影子长长地拖曳在地上。看到这个,我们感觉似乎有寂寞的东西在身后随行。太阳的力量似乎逐渐减弱。

我们买票坐上浮船,广阔的水面上充满着哀伤的气氛。

不久船来了，于是我们上了船。阳光悄悄潜入似地洒入船中。没过多久，有更多的乘客上了船。高田在我对面坐下了，在他左侧的窗边，坐着一位系着美丽腰带的十六七岁的姑娘。过了一会儿又来了一艘船，我们的船便开动了。波浪啪嗒啪嗒地拍打着船舷，响起了船拨水面的声音。我突然感觉有点困，和高田两个人什么也没说，只是茫然地坐着。

这时，我看向那位系着美丽腰带的姑娘的肩膀。那位姑娘稍微动了下身体，我的目光越过她的肩膀停留在了前面的人身上。那是一位老人，带着十五六岁的男孩。那两人上船比较晚，所以站在了入口处。他们都背对着我，从入口处洒入的阳光照在那个男孩身上，男孩的身影显得十分寂寞。他身体瘦弱，脸色苍白，脖颈纤细无力。他左手放在窗边，右手放在了身后。

船刚到中游，突然改变了方向。于是，原本洒在男孩肩上的阳光转移到了背上，最后落在他的手上。这是一双苍白的、像是蜡制工艺品的手。手指长，指甲大，没有多余的肉，完全没有孩子胖乎乎的小手的感觉。我一直盯着他看，他的脸是孩子的脸，但手像是老人的手。阳光也像是在凝视着这双没有血色、没有力气的手。没过多久,船抵达小松岛了。我在上岛之前看了一眼男孩的脸。他的皮肤苍白而没有弹性,眼睛凹陷,嘴唇较厚,发出疲惫的呼吸声。我到了岛上也无法忘记那个孩子的手。不知为何,我突然觉得,那或许是被悲惨命运纠缠的手。

我突然想起了以前的一个事情。

在很久以前的一个初春,我与妹妹二人说去她家,绕过一个后街,在某个家门口,妹妹跟我说了这样的话。

"这家的孩子非常漂亮伶俐,但听说不知为什么到了十五六岁就肯定死掉……前段时间这家的姐姐去世了。我也看过那个孩子,非常漂亮和开朗……"

我们边说着边路过,从下面露出的板壁缝隙间,露出一只洁白的左手。妹妹看到后拉着我的袖子说道:"那是妹妹。"那只手似乎是要摘开在板壁缝隙深处的野花。那只手非常苍白,手指很长,指甲很大,气色很差,而且有像大人一样的纤细静脉血管出现在手背上,看起来没有弹性,让人产生寂寞情绪。等我走过去再回头看,不知什么时候,那只手已经抽回去了,我们能听到墙内有人在无力地拖着大木屐。我和妹妹互相对视,紧闭着嘴唇。

回想起这些，我边思考何谓凄惨的命运边默默地走着。高田也默默地走着。我突然问道："你见过死人的手吗？"

"见过啊……不过你怎么说起这么奇怪的话题？"

"我刚才突然想到的……"

"什么事情？"高田回过头来端详着我的脸。

"我总觉得，一个人的手预示着这个人的命运……"

"哦。"

"我曾去医科大学的解剖室看解剖过程。那里有九具尸体，好像其中两具是女尸。那些尸体的手全都像干枯的树枝一样，仿佛与命运什么的毫无关系。但是，今天我看到船上一位男子的手，产生了一种无法言说的心情。"

"什么心情呢？"

"像是看到他正被某种恐怖的东西纠缠着。"

"哦？是吗？"高田说道。我无论如何都忘不了船上那个孩子的手，看起来像是恐怖命运清晰成形的样子。

少女

（一）

半月兄：

我们似乎已经忘记对方很长时间了。我已有将近四年时间不给你写信。我不仅忘记了以前与你有关的事情，甚至连你的长相也想不起来了。今天我深刻认识到了这一点。

我们现在还是彼此的朋友吧。想到这些，我心中感受到了强烈冲击。我把心中所想毫无保留地说出，突然感觉回到了当年跟你无话不谈的时代。你的面容、你的话语、你开朗的性格，这些都没有铭刻在我心中。我只是在恍惚中把你当成了一个令人怀念的存在。但另一方面，每当想到你，我心中总会感到寂寞和空虚，有种不为人知的悲伤情绪涌上心头。于是，我想把所有感受写在信中寄给你。

在此之前我还想写一句。我认为，虽然"你是你，我是我"，我们相距甚远，但至今仍会有心灵感应。从这一角度出发，我相信有必要给你写信。事实上，信的内容都是些琐碎之事，是那些无论在什么日子都可能发生的事情。然而，这些琐碎的事情对于今天的我而言都是非比寻常之事。

这是今天早上我在乘电车去老师家的路上遇到的事情。天空一碧如洗，天气寒冷，太阳发出微弱的光芒，一丝风也没有，只有在山宅坂上行驶的电车发出咣当咣当的声音。向外面看去，宫城堤坝的草已经枯萎，松树投下的树影似乎要渗入黑土地。护城河中有水鸟在游动。在寂静低迷的氛围中，交织着令人昏昏欲睡的疲倦之感。

电车中有乡下来的老翁、城镇经商的五十岁女人，还有一位理发店老板模样的四十岁男人，他身体像啤酒桶一样圆滚肥胖，表情猥琐。另外还有两名初中生，加上我，电车里总共坐着六个人。每个人似乎都在看外面的风景，表情茫然，眼神慵懒。那时我的大脑没有任何活动。我本来就喜欢这种沉静之中有些哀伤的景色，似乎与我的性情十分相符。于是，我出神地望着窗外。突然，电车停住了。

打开车门，司机探出头去说"到青山换乘"。当他缩回头，有两个身穿华丽衣服的少女上了车。乘客们如梦初醒般一齐看向她们。两位少女紧闭嘴唇，轻快地走过前面的乘客，来到我对面坐了下来。

两个人都是十六七岁的样子，似乎是贵族女校的学生。一位丰满而有姿色，长着一双美人眼，头上绑着花哨的丝带，丝带系成蝴蝶结形状，随风飘扬。另一位是有点神经质的姑娘，眼睛细长。两人并排坐下来，脸朝向正前方。系着蝴蝶结丝带的姑娘笑着，像是接着刚才的话题继续说起来。她看起来十分雀跃，说话的语气非常亲热。对方也时不时地点头赞同，亲切地含笑致意。道路变得平坦，电车开始加速飞驰。电车里的人们眼睛夸张地朝这两个人的方向看着，后来终于看习惯了，逐渐恢复了原来的样子。我又开始思考自己的事情，但那个姑娘的笑声不时传入耳中，所以我又看着她们的脸。二人像刚开始那样边笑边说，但不知为何，两个人一直面朝前方，眼神冷冷的，眼珠几乎不转动。那是一种道貌岸然的、贵族特有的傲慢眼神。

终于到了趣町,我下了车。逢场作戏的两位美少女乘坐的电车又开走了。我目送电车离去,突然胸中浮现出完全不一样的感觉。我和你的友情现在是否仍和以前一样呢?想到这里,三四年来的生活历历在目,我发现看似平静的生活其实纷乱无序。不知不觉间,我从安静的灵魂故乡出走,迷失着,流浪着。在我流浪期间,你已经把我忘了吧?即使在互相颔首致意,但眼睛——作为心灵窗户的眼睛——正冷冷地各自望向其他方向吧?一度在心灵上曾有共鸣的两个人,不知什么时候起已经有了裂痕吧?想到这里,我觉得这是非常重大的问题。想起你的时候,我有一种老相识的感觉。这段时期的感情矛盾,作为难以解开的心结摆在前面。

于是,我给你写了这封信。

(二)

克忘兄:

难得收到你的来信,我已拜读。我无法回答你的问题,不过,我也想跟你说一下我的感想。我们以前是最亲密的关系,我对这份友情丝毫没有怀疑,但两个人之间至少在境遇上已有了变化。你正在成为领导型人才，我正成为手艺人。所以，我怀疑自己能否写出让你满意的回信内容。

  我已经结婚了，妻子是你认识的那位吉山家的女儿。我成家后带着她离开了父母家，没有跟父母同住。与父母分家后，我们真的经历了很多。但其中一个我无法忘却的问题是，最年幼的妹妹对我的态度。我兄弟姐妹众多，最年幼的妹妹从小备受家人宠爱。她是个非常容易和人亲近的孩子。但不知为什么，自从我有自己的小家庭之后，她没有一次来我家如常地玩耍过，偶尔来玩耍也是看起来坐立不安，非常疏远。要在平时，她肯定是不停地撒娇，非常招人疼爱。起初我没注意到这些，妻子跟我说起后，我自己留心观察，结果发现确实有比较奇怪的事情。

  有一天，妹妹来到我家，看到我家桌子上放着妻子的朋友送来的美丽的人造玫瑰花。于是，妹妹以一贯的口吻说道："哇，有好东西哦！"她边说着边拿起花，一同来到我家的弟弟说："哎，那可是嫂子的。"于是，妹妹慌忙将花放回原处，将手缩回，似乎是碰到了什么恐怖的东西。然后，她悄悄地看了我一眼，接着看向在隔壁房间做针线活儿的妻子,脸上是一副佯装不知的表情。我心中有些不快,但还是特意用柔和的语气说道:"这花送给你吧。"

她看起来很想要,但又不说想要这花,闹别扭似的小声说道:"不要,我不需要。"

我调侃道:"真难得啊,你还会客气。"

她涨红着脸说道:"我可没有客气。"我当时感觉很可悲。想到我一向疼爱的妹妹对我做出这种事,我不知道该说什么是好。但是,我认真地进行了思考。我以前曾听说女人之间有休战但没有和解,现在看来果然如此。我认为,女人的心胸极为狭隘,除了将一个人的灵魂放入,几乎没有多余空间。

我的回信似乎跟你的来信方向完全相反。其实,我对你所说的友情等问题没有看得过重,但也不是说友情对我来说完全无所谓。听起来你有些过于激动了。男人的灵魂不仅限于一个,一度互相颔首的我们二人只是有所疏远,不代表这份感情已经消失。我们今后也不会变得更加疏远。我觉得这样就够了。

瞌
睡

天空已经放晴,周围一片寂静。远处有时传来响声,但又立即被寂静吞没。

教堂里更加潮湿和沉静。内侧墙壁涂着白漆,无论看向哪里,都没有灰暗的地方。但不知为何总让人感觉有什么东西在盯着某处。这种感觉令人身体热量骤然消退,一股力量渗透进骚动的内心。人们带着平静的神情走进教堂,嘴唇紧闭,即使互相打招呼,也只是微微一笑,然后静静地坐到座位上。

不久,坐在前排的一位老人站了起来,他身穿旧式大礼服,身体瘦削,头发和胡子都白了,眼睛较小。他站上高台的瞬间,风琴演奏的单调曲目开始响起,赞美歌传遍每个角落。当赞美歌演唱结束,老人开始用舒缓的语调进行祈祷。

祈祷结束后，老人走下高台。紧接着，一位脸色黝黑的胖牧师来到了台上，他的大脸看起来经受了不少日晒，脸上是一副如果战斗则一切都可以征服的神情。他的眼睛、鼻子和嘴唇都没一丝衰弱的迹象。他朝着大家的方向环视一周，洪亮的声音在寂静的空间回响，似乎有什么东西直接拨动人的心弦。终于，他以低沉老练的声音开始说教。他一字一句断断续续地说着，似乎是为了让听众铭记于心。

牧师的声音逐渐热烈高亢起来，他的脸上开始充满热情和力量。听众们感到自己的心门正被铁锤一下下击开，不由得屏住了呼吸。

这时，秋日阳光从窗户洒进来，照耀着整个房间。那位白发老人沐浴在阳光中，头一点一点地打瞌睡。

他的额头和颧骨都很高，眉毛花白，深深的皱纹里似乎镌刻着一生的记忆。他的身体已经十分衰老，因扛不住疲惫而睡着了。他的鬓角处有一根大血管凸出来，看起来十分显眼。

他偶尔会突然醒过来，环视一周，然后将眼睛看向牧师。肉体似乎已经衰老到失去了强烈感动的力量。然后,他扛不住疲惫的来袭又睡了过去。他脚下似乎有个很深的洞穴正将他的灵魂吸入。说教终于结束了,赞美歌又响起来。老人站起来,以波澜不惊的声音预告着下周日的说教。

月下

深夜,我突然发现自己正身处旷野之中。

天空和大地之间是白茫茫的雾。清凉的月光透过白雾照在灰色的土地上,泛着清冷的苍白色。除了草木和土地,旷野里什么也没有。在苍白色的月光下,我漫无目地走着。和暖的风不时掠过脸庞。我的心情有些郁闷和沉重。

我走着走着,感觉这个世界上所有的活物都闭上了眼睛,只有自己一个人正在最后的道路上摸索。在我产生这种想法的瞬间,眼前的景色陡然变了。呈现出清冷的灰色的,是横七竖八堆在一起的裸尸。而我正在这些死尸上走着,并且现在正站在尸体上。

突然,我有种触摸到湿冷蛇皮的感觉,身体瑟瑟发抖。我停下来开始迷迷糊糊地思考。

至此,大脑才开始变得清晰。沉睡的各种记忆逐渐明朗。

那天之后又过了几天呢？我自己已经无法计数。但直到那天之前，我们还在阳光下像平常一样工作。突然，不知从什么地方传出惨烈而痛苦的叫声，人们一下子都冲出家门，开始迷茫地逃窜，甚至有人极力嘶喊着。我正在记录昨天发生的事情，听到声音后立刻跳了出去。太阳变成了红黄色。有个人一边喊叫着一边在眼前的街头奔跑，然后倒下了，另外一个人被他绊倒了。接着，从后面过来的人都陆陆续续地倒下了，倒下的人都不动了。

突然，寒风从北方冷冷地吹来。人们的叫声不知什么时候起戛然而止了。我没有任何思考的时间，由于实在忍受不了这种恐惧，于是也跟着跑了起来。

我也不知道之后过了几天时间，自己究竟走过哪些地方。等我回过神来，发现自己已经站在旷野之中……

我看着脚下，发现自己站在了一个趴着的胖女尸身上。她双手托着脸，头发凌乱地拍着脸颊上，盘着双腿。在她旁边的是一位四十多岁的农夫模样的尸体，他猛推双手，肌肉紧张，在全身用力的状态下死去了……

我感觉就自己一个人活下来了。除我以外还有谁在发出声音吗？哪怕有一丝人的气息也好，我开始竖起耳朵倾听。

月亮呈现出死一般的色调,挂在天上一动也不动。

我可能是最后一个幸存的人了。然而，我到底能活到什么时候呢？环顾四周,在模糊而苍白的月光下,连个黑影也没有。

我已经没有任何力量了。现在证明我还活着的只有自己的呼吸，我的耳朵能听到从紧闭的牙齿中间微微颤抖着呼出的气息。我会混迹于这些尸体当中吗？月光会洒在我的身体上吗？

"走走看看吧"，想到这里，我试图迈动双脚。脚底感到死人肌肤般的冰冷之气侵入身体。原来自己一直赤着脚。于是，我又站住了。自己究竟应该去哪里呢？何处是目标呢？哪里有希望呢？

我站在那里环视四周。证明我还活着的东西，只剩从唇齿之间微微颤抖而出的自己的气息。

春夜

我走出熙熙攘攘的赏花人群,进入江户川边的胡同里,周围突然安静下来了。

街道是陋巷,很少有张灯结彩的人家。黄昏的天空下,湿冷的风不时吹来。

我与朋友S边走路边说话,不知什么时候起聊天戛然而止。我感觉似乎有什么东西在触摸自己的身体。

两个人默默地走着,转过了几个街角。当我们来到一个向左拐的街角,突然有什么东西"啪嗒"一声打到脸上,同时我感到有一个声音在耳畔响起:"停!"

我感觉自己像是置身于像海底一样深沉的寂静之中,不由得停住了。街道右角有一个蔬菜店,通道上站着一位二十五六岁的女子一直盯着对面,似乎看得入了迷。

顺着她盯着的方向看去,我看到满载着丝线的货车的两个车辕掉在了地上。有团黑乎乎的人影——什么都看不清,只看到他黑色的后背——他微微蜷曲身子,倚在货物上。

蔬菜店的那位女人一直在盯着那个人。我左看右看,后来不知哪里来的劲头,一鼓作气地走过了他们。

大概走了十步,我回头张望。已经什么都没有了。我停下来看了一会儿,已经感觉不到任何东西。

夜深了,回家途中,我在大久保下车来到车站外,突然感觉自己仿佛置身于漆黑、广阔而寂静的空间。

尽管是熟悉的道路,我却走得跌跌撞撞。湿润的空气轻轻地落在我的脸上。我来到了树木繁茂的地方,眼前似乎被什么遮挡着,于是只好停住了。

这时,头上响起了窸窸窣窣的声音。

我闭上眼睛站住了。繁茂的树叶沙沙作响。

响声传遍广阔的旷野。我睁开眼睛,看到了昏黄的灯光。

远处汽笛鸣响了。我又走了起来。听着自己啪嗒啪嗒的脚步声,我清醒过来。

我坐上最后一趟列车,从茶水返回大久保的途中,一位女子在饭田町上车了。这时已经是深夜十一点半了。

乘客有四个人，其中有三个男人。那个女人上车后坐到了司机一侧的角落里，低着头。

这是位头发凌乱、脸色苍白的女人。

电车破风疾驰。窗外是大风的声音。我与那个女子仅相距一米，突然发现她在不停地端详窗玻璃中映出的自己的脸。她脸色惨白脸颊瘦削，憔悴疲惫的神色中透露出一种敏锐。我感到非常新奇，心不由得怦怦直跳。

我也目不转睛地盯着窗玻璃里映照出的那位女子的脸。我觉得那位女子有时也在看我的脸。女子举起左手想去理顺凌乱的头发。我回过头来，看到了她真实的脸。

女子也转过头来看向我。她的眼睛发出闪电般的光芒，我马上又转向窗户方向。于是，不知从什么时候起，我忘记了那个女子疲惫的样子，心里想的全是那位女子强烈的、敏锐的、热情的、像是在燃烧的目光，令人记忆深刻。

夜色渐深，那位年轻的女子和我互相默默地看着对方的脸。两个人一直默默地坐在那里，似乎逐渐被拉入广阔的、没有人烟的地方。

突然,那位女子转动了一下眼睛,做出在听远方的声音的样子,用低低的声音说道:"好像已经有青蛙在哪里鸣叫了。"

我忍不住否定道:"不是青蛙。"我耳朵里听不到任何声音。

女子说道:"是青蛙。不是正在呱呱叫吗?"她的声音听起来像是感受到了什么压力。我深刻地感受到那个女子没有说出口的内心的恐惧,于是竖起耳朵仔细倾听。

"不是青蛙,应该是有人在哭吧?"

听了我的话,那位女子的脸色陡然变了。

她的眼睛闪着光,嘴唇微微颤抖地说道:"不是人的声音。"

"我听着像是人在哭。"

"是人啊?听起来声音离得特别远。"

我悄悄停止了对话,轻轻地笑了。女子似乎被东西吓到的神情也一消而散,脸上绽放出灿烂的笑容。

我试图消除这种似乎梦到了精灵度假岛的心情。然而,谁都可能悄悄发出让人感到压力的沉重叹息。

某个晚上,那是个安静的夜晚。我突然感觉体内暖流翻腾,没有目标地思念着……于是我写了一封信。

我热泪盈眶,心中涌现出无数回忆,但深感无人诉说。

我写的第一句是:"能倾听我现在心情的只有你一个人。"想到这种孤独的、渴望爱情的心情,心头首先涌现的是很久以前写给某人的类似的句子。

脑海中不断涌现出接下来要说的话,人生的孤独和寂寞之情压在心头。

我想的是,"我从未让别人体察我深藏在心底的情绪"。但当我看着纸,我写下的是,"能倾听我现在的心情的只有你一个人"。

突然,我心情变了,感觉内心深处响起一声冷笑。

我想,"究竟这里的'你'指的是谁呢?"于是,我想起了曾经信任的一个人,但我后来又抛弃了他。然后我的思绪又集中到了这里。

没有人会接收我这种试图满足自己内心的信,对于我来说,这封信可能是唯一的安慰了。

店铺

寒风大作。所有的街道都干巴巴的,仿佛冻僵了一般,像是褪去了油光。路上的行人都缩着脖子,裹着厚厚的和服,眼睛直直地盯着前方,匆忙地赶着路。空气十分干燥,完全没有温和的水汽,什么都没有,对,一点儿水分也没有。我们眼睛里所看到的东西,心里所产生的感受,都没有一丝湿润的气息。灰色的屋檐常年经受风吹雨打,无论店主人如何用美丽的颜色装饰店铺,店铺还是显得没有光彩。行人的脸也是如此,像是被诅咒了一般,看起来十分漠然。

不管何时何处的风景,都不会有比二月寒风吹过的东京的街道更让人感觉不爽的了。

对于那个二月,我有个这样的记忆。

那是一个狭窄而热闹的街道,有很多粮店、蔬菜店、服装店、杂货店,鳞次栉比,令人眼花缭乱。我就是走过了这样的一条街道。

我走过摆放着成堆便宜饼干的点心店,来到杂粮店前面。我在离店较近的地方走着,看到自己脚下冒出了豌豆芽。

这是一家灰暗的、没有一丝水分的店。店里和路边放着装有各种谷物的圆台。店铺入口的圆台下是人们踩踏不到的地方。与道路仅隔着一个水道井盖的地方,有一棵刚冒出不久的豌豆芽。我路过的时候发现了这棵豌豆芽,于是又回头看。

我当时边走边想,这是带着脆弱的生命而来的豌豆芽。

现在,在干巴巴的灰色、经受风吹雨打的黑色屋檐以及冻僵的街道中,有几片淡绿色的叶子正被冰冷的寒风吹动着。我的眼前又浮现出曾经发现的豌豆芽。

"为什么而生的呢?"我的心中涌出这样一个悲怆的疑问。

这是对所有的生物而问的。

笑声

一阵风吹来,响起了吧嗒吧嗒的声音。树叶拍打着树枝,清澈的天空逐渐黯淡下去。

这是生物逐渐衰弱的样子……树叶像无风时的帆那样,懒洋洋地耷拉在树枝上。阳光悄悄地从高空洒下,默默地守护着一切。到了晚上,看到房内的火,长着美丽花纹的大飞蛾啪嗒一下子飞进屋内,冲到火下面,张开翅膀一动不动。……秋天不知什么时候来临,在某处树荫下悄悄地叹气。

真是的!在哪里都能看见阴影。背后是微冷的、灰暗的、阴影随行的秋天。

那是清澈的天空逐渐黯淡下去的时间。我走在场末町冷清的街道上,一家大店铺的一半空间镶嵌着木隔断,在阴暗的屋檐下面,有七八个十二三岁的男孩聚在一起。

周围太寂静了。场末的街道本来就冷清,灯火也少。屋檐也老旧,呈现出消极的色彩。孩子们默默地围成一圈,我也悄悄停住了。

他们不是在沉默,而是在窃窃私语。接着,他们突然爆发出一阵笑声,然后又没有声音了。

他们背对着街道,笑了一会儿,然后又把脸凑到一起,窃窃私语。笑声响彻整个城镇,然后又不知消失在何处了。

笑声去了哪里呢?我也不知道。不是飞往灰暗的天空,而是穿过城镇,无限缭绕……难道是去了死后的世界?

婴儿瞳孔

刚出生六十天的婴儿被放在了房间的床上。他一副吃饱睡足的样子，一动也不动。

他一直睁着眼睛，瞳孔深黑，眼白带有清澈的青色。他瞳孔里映射出的是天上的云。

在太阳光芒四射的五月，深蓝的天空映照在婴儿瞳孔中，婴儿大而黑的眼珠一动也不动。婴儿的瞳孔像大海一样深邃，令人产生了看着深蓝天空感受浩瀚宇宙的感觉。

婴儿眼睛一眨也不眨。这几十秒的时间，婴儿的瞳孔中没有意识，没有思想，只是在映射着天空。男人那时感觉正看着无边无际的宇宙。

突然，婴儿转动眼珠看向年轻母亲的脸，像刚才一样凝视着母亲。他只是惊讶于眼睛所看到的一切。

年轻母亲颤抖着抱起婴儿亲吻他的脸颊。于是,婴儿转动着炽热的眼睛,抬头看着男人。男人也迎上他的目光笑了。

人的本能!我能感受到的只有这些。

唇

我心中有这样一个记忆。那已经是很久以前的事情了。每当想到这件事,赫然浮现在眼前的是黎明的田野中被露珠打湿的红色花朵。我也会想到自己那曾经鲜活的、柔软的、活泼的内心,但无论怎么回想,幻影一样的从前只是在眼前若隐若现,自己也无法做些什么。

我是家里唯一的男孩,十四五岁的时候,姐姐们在读各种各样的小说,我跟在旁边一起阅读,既有感动得热泪盈眶的时候,也有内心悸动不已的时候。读着甜蜜的、温暖的、梦幻般的故事,我不由得恍惚着迷,觉得女人真是不可思议的生物。不管是什么故事,其中必然会有美女出场。于是,我悄悄地在内心描绘了各种"美丽的女子",然而,我从未遇到"美丽的女子"。我所看到的女子——姐姐也好,母亲也好,姐姐的朋友也好,她们都不漂亮。我尽管遇到过不少女子,也绝没有把她们和"美丽的女子"联系起来。

因此,我终于意识到,这个世界上绝对不存在"美丽的女子"。不,我坚信绝不存在。

那是我十六岁的春天,每年一度令人欢欣鼓舞的春假来了。若是平常,我会与姐姐(她比我稍大,跟我关系非常好)一起去海边大里村的叔叔家玩耍。那个春天,不知为什么,我突然觉得自己已经是个大人,决定在这个假期一个人静静地坐在桌前读书。

那是春日里的一天。

我家在新开设的某个港口附近,这天我想去镇上的书店看看,于是便出了家门。天空一碧如洗,那时还没到特别炎热的日子,但太阳火辣辣地照着大地。我要走过一个菜市场。

菜市场聚集了拉着堆满蔬菜水果的车子来叫卖的乡下人,我见缝插针地从杂乱的人群中穿过,正在那时,真的是一个瞬间,我突然发现,一个四十多岁的男子拉着车子从胡同里出来,车后面跟着不知多少岁的年轻女子,可能是他的女儿。这位女子用手帕包住双颊,帮父亲推着车子。在我与他们擦肩而过的时候,我悄悄看了一眼那位用手帕包住双颊的姑娘,我回头一看,恰巧看到了她如花朵般美丽的嘴唇。

那份美丽直接渗入我的内心,形成了一个甜蜜的烙印。我产生了似乎被那个美丽的嘴唇亲吻过的强烈感受。

这是从未有过的心情。我回头寻找那个姑娘的背影,她的身影已消失在人群当中。之后我茫然地向城镇走去,心里想的全是那个嘴唇。

我不知道什么时候已走过自己想要去的那个书店,只是从这个城镇到那个城镇徘徊着。

心中此前完全不知道的感受或者说谜一样的感受翻江倒海般在我内心起伏,似乎我全身的神经都在战栗。

她的嘴唇是鲜花般的色彩。那个唇色至今还留在我的心间。

啊,那是以前的事情了,很久以前的事情了。之后我一年又一年地逐渐衰老,心里都已长满皱纹。

这是一位眼珠颜色泛黄、脸上长满皱纹的、上了年纪的男人所说的话。

某月某日

（一）

十一月某日

八点多的时候，我在银座四丁目乘上开往品川的电车。

因为是晚上，乘车的人很少。与我坐同一侧的是一位农民打扮的男子，对面是一位带着六岁男孩的三十五六岁的人，在离我稍远一点的左手方向，还有一位穿着大衣的夫人。她年龄可能在二十四五岁，当我仔细看她的脸时，却突然有一种完全读不懂的感觉。

她整个脸给人一种不清晰的感觉。她脸色苍白，如果凑近仔细看，可能会发现她脸上有很多小斑点。她的眼睛看起来很疲惫，她是双眼皮大眼睛，但眼球混浊且布满血丝。

我上车的时候,她用敏锐的目光盯着我的脸。然后她转动眼珠频繁望向窗外。那是一副慵懒的、似乎被重物挤压过的表情。

电车在新桥站停住了。

一位身材高大、胡须略白的五十二三岁的绅士上车了。他大步流星地走着,在那个女人同侧后方坐了下来,两人相距约一米多远。女人的表情陡然变了。在此之前她一直茫然地望着窗外,现在眼睛却迅速转动起来,不断地往绅士的方向看去。她在很谨慎地看着,苍白的脸上开始泛起红晕。电车在疾驰。

女子转过脸来,蓦地看见了我,于是便朝我笑了一下。她的身体略微向右扭转,笑眯眯地看着男孩,像是在说"孩子真可爱啊"。

这时,电车开到了转弯处,电车骤然转弯,站在座位上的男孩随之前倾,男孩的父亲慌忙扶住孩子,孩子吓了一跳,大哭起来。我也大吃一惊,差点儿喊出声音来。那个女人亲切地笑了起来。

但是,她的嗓音很粗,声音沙哑。我听到声音立刻朝她的方向看去。那个女人不知道什么时候已经坐到了绅士旁边。她双手交叉放在膝盖上,表现得像那个绅士的妻子。她看着哽咽的孩子，眯着眼微笑着。绅士一副不为所动的样子看着窗外。

带着男孩的人在芝浦站下车了。女子目送着他们下车，转眼又看到我，没来由地出声笑了起来。然后，她又挪动身体倚靠在那位绅士身上。绅士稍微回头看了一眼，然后又是一副事不关己的样子看向窗外。女子一脸平静，稍微抬起头看着广告。

城镇夜色更深了。只有电车还在奔驰。车中的灯很明亮，但车里空荡荡的。

终于来到札辻站，我也下车了。刚一下车，电车发出很大的响声疾驰而去，消失在夜色中。

那个女人会找什么样的机会和绅士搭话呢？

（二）

十月某日

下午五点，我坐上甲武线电车，到代代木的医生那里。

从四谷站上来十个披着黄褐色长斗篷的军官模样的人，聊得热火朝天。他们都点上了香烟，车里一派人声鼎沸的景象。电车在信浓町停住了。前方上车门打开,一个女子走了进来。

她高高的个子,脸部轮廓清晰,眼睛很大,鼻子高挺,紧闭的嘴唇有种贵族气质,皮肤白净略显苍白。她穿着黑色薄外套,搭配得十分协调。

这是位有着女王般自信的女子。

看着这位女子的脸,我差点儿喊出"白围巾"。

原本人声鼎沸的车厢突然变得鸦雀无声。军官们都停止聊天,看向女子。尽管有很多男人在盯着她的脸,这位女子一点儿也没有打怵,她抬头挺胸径直向前走着,脸上毫无局促的神色。不管在谁看来,她都是位安静、美丽、通达人情的夫人。我也不禁这么认为。

我一说"白围巾",想必同学们都会立刻心领神会。她是我们在上学放学路上必然会遇到的女子。她是女子大学英语系的学生,脸上有着贵族特有的傲慢气质。她总是戴着白围巾,久而久之,这成了她的符号,我们总是用"白围巾"来指代她。

我们聚在一起时经常会谈论她,但没有一个人相信她是纯洁的。她的对象是某学校有名的浪荡子。

那是一个晚上,我从早稻田图书馆回来,在一个光线很暗的新建城镇街道上遇到了她。当时已经很冷了，她的衣领处围着白色的手帕，看起来像个病人。她一直低着头在街道上徘徊，似乎在等待谁。我悄悄看了她一眼，她的脸十分憔悴，笔挺的鼻子透着一股落寞。当时还流传着她怀孕的消息，我对她印象深刻。

之后很久我都没有看到她，后来我们也曾在小石川偶遇。她的皮肤当时相当粗糙，看起来简直有些凄惨。真是再美丽的面庞也有憔悴的时候啊。之后三四年时间我一次也没有遇到过她。想必同窗们现在也没人会记起她。但如果我再说起她，大部分的反应都是"啊，以前是有这么一个人"吧。

这个人现在就在眼前。而且，她现在是一副美丽而骄傲的面庞，被完全不了解她的人仰视着。不，即使我曾经看过她憔悴的样子，现在看到她的脸，还是忍不住赞叹她美丽高雅。

很多人，特别是那群军人，眼光都集中在她一个人身上。我在想："这个人到底在跟什么样的人生活在一起，他们之间会有怎样的对话呢？"

(三)

十二月某日

今天,我没有什么事情要办,于是在神乐坂坐上了电车。我在离入口最近的位置坐下,无意中往前面一看,一个戴着金丝边眼镜的四十岁左右的男人正在用惊恐的目光回头看我。

我从没见到过如此惊恐的目光。那是一双细长而敏锐的眼睛,他的眼睛投射出非常恐惧的内心。他对所有的人都充满敌意,不断地窥视别人。那似乎是一双从阴暗的地方突然到了明亮的地方、对阳光充满诅咒的眼睛。更准确地说,那是一双毫不掩饰自己诅咒之心的眼睛,是一双似恶魔附身的眼睛。看到这双眼睛,人的内心会悸动不已。我一度转移了视线,过了一会儿又悄悄地观察他。

他的皮肤没有血色,没有弹性,薄薄的皮肤呈现出苍白色。他似乎患有什么疾病,身体不能随意活动。男子突然稍微向右侧了一下身子。我大吃一惊,差点叫出声来。他的耳朵有问题。左耳跟脸的颜色一样,像含有水分的蘑菇一样大而厚重。从他耳朵下方到衣领，长着浓密的浅褐色的粗毛，看起来已经被剪短了。仔细看的话可以发现，他的鼻子左侧和右侧不一样大小。脸的颜色也是左半边脸更没有血色。

我又看向他的眼睛。那个男子的眼神充满着惊恐和猜疑，似乎在透过眼镜窥探车里人们的内心。

我再次感叹，他也是人类的一员。

（四）

二月某日

今天在途中遇到了那个人。我们多少年没见过了啊。我也只是乘车与她擦肩而过的瞬间看到了她。我意识到正是那个人，不由得感叹女人的脸真是（一个）"不可思议（的存在）"。

二月某日（六天后）

今天又遇到了那个人。今天那个人也是正在走着。

同一个人的脸仅仅两三年时间就会发生如此大的变化啊。

对于她，我除了说"那个人"之外其他一无所知。

但是，已经过去快四五年了，我一直忘不了那个人。

今天我得以仔细地看了那张脸，但同时产生了一种深深的失望情绪。

"这个人也变成了一个极为普通的女人啊。"想到这里，在我失望的内心深处，有一种无法言说的悲伤。

她的面部轮廓不再清晰，眼睛与眼睛之间的距离不再合适。眼睛、鼻子和嘴巴跟以前一样，但那种协调感已经被完全破坏。她脸色苍白，走路的样子显得相当疲倦。

在很久很久以前，我第一次看到这个人的时候，曾打从心底惊叹。那时她的脸上丝毫没有心酸痛苦的影子，像一股清泉在涌动。

即使看到湿漉漉的、发出腐烂气息的人的时候，即使看到阴暗、恐惧的目光的时候，即使思绪纷乱无处可去的时候，我也绝没有忘记过"那个人"的清澈的灵魂。这并不是言过其实的夸张说法。

那个人的样子只是留在了我的记忆中。那个人失去了以前那种令人刻骨铭心的能力了吗？想到这些，我不由得又是惊讶又是悲伤。

但是，我又突然这样想道：

"如果我与那个人相爱的话，那个人会不会一如从前呢？"……

（五）

四月某日

我正在乘坐甲武线电车从御茶水回大久保的途中，这时已经八点了，坐在电车里的人跟平时状态不太一样。风尘仆仆的疲惫面孔，没有光泽的头发，迷茫无神的眼睛——这些在明亮的灯光下暴露无遗，令人心情寂寞灰暗。我乘坐的汽车里正是这样的光景。

在牛込站，有两位老妇人上了车。电车驶过市谷，来到四谷，又有四五个人下了车。一位抱着大包袱的年轻男子上了车。

他大步流星地走到我的面前，我们互相看着对方的脸，一齐大叫起来："呀！"他鼻子较尖，眼睛清澈，肤色较黑，身体高大但头部较小，长着一张干净而精悍的脸。

我右边座位空着，于是他坐了下来，把包袱放在了膝盖上。他嘴唇紧闭，清澈的眸子直直地盯着正前方。

"最近在哪里啊?"

过了一会儿我开口问道。他是一个久未谋面的朋友。

"嗯……还是在镰仓。"他迅速转过头,用富有穿透力的声音回答道。无论受到什么挫折,这个男人还是年轻有精神。

"学校呢?"

"已经完全不去了。"

"为什么?"

"还是因为身体不好。"

"镰仓就你一个人在?"

"不……"他微笑着摇了摇头,然后就沉默了。

"那你今晚去哪里啊?"

"我要去代代木的姐姐家一趟,明天早上就回去。"

"这样啊。"

在明亮的灯光下,我凝视着这个男人的侧脸。他坐得笔直,充满着勇往直前的干劲。但是,他在很多人面前都没笑过……

电车在代代木站停下了。

"那么,再见了。"说完,他站起来头也不回地走了。他迈着充满活力的步伐,从位于高处的车站大步下坡,消失在了漆黑的夜色中。

电车在夜色中疾驰。

我突然想起以前的他,他是我的同校好友。他刚到学校一年就突然被全年级视为天才,铺天盖地都是他的传说。那时,我第一次看见他。他身材矮小但表情精悍,十分纯朴。

他跟老乡三个人一起在目白租了房子,每天从那里出发去上学。经过一家山谷般的花店,便可以看到位于微微隆起的山坡上的房子。那是个像是被孤立于田野中经受风吹雨打的房子。他们给这个房子起名叫"三冬馆"。

那个三冬馆是我们的"梁山泊"。每当寒风吹来的时候,家里的人和外来的人都纷纷围坐在小被炉前聊天。那时,他也是最单纯的男人。

后来,三冬馆解散了。没有一个人知道到底为什么解散。但是,从那时起,他开始拼命躲着朋友。

原来夸他是天才的那些人不知何时起也不再提起他了。过了半年,他又出现在学校。

"怎么了?"

"又来上学了。"除此之外,他什么都没说。但那时一位去过他位于本乡的家的同学回来后,以一副似乎发现了什么特别的事情的表情说道:"是爱啊!天才谈恋爱了……你们去看看,川崎已经结婚了。三冬馆之所以解散,是因为川崎和另一个人都有情侣了,他们对原来的生活厌倦了。"

后来,他不知道去了哪里,又不来学校了。今天我是时隔两年遇到他。

他说"以后再见",我是不相信这句话的。

(六)

十二月某日

到了年关,神乐坂像过节一样热闹。我走过神乐坂,乘上了甲武线的电车。

我回味着刚才热闹喧嚣的街道景象,电车在黑暗中破风疾驰。

此前头脑中一直思考的事情突然消失了。我开始很好奇地环视车内。坐在我前面的是一个留着烦琐刘海样式、身穿华丽和服外褂、脸庞瘦削、眼睛很小的女人。看到她的脸,我不由得想象这个女人说话的样子。

到底什么样的人是这个女人的丈夫呢?这个女人的笑脸、哭脸、焦急的脸、凌乱的脸,阅尽这个女人所有表情的男人是什么样子呢?我不由得浮想联翩。

坐在我前面的人点燃了火柴,"扑哧"一声,我转移目光,看到一位头发半白的老绅士用火柴点燃了嘴里叼着的烟卷。我看了一会儿他的动作,然后又瞥向他旁边的人。那是位三十五六岁的男人,脸色黝黑,嘴唇很厚,颧骨略微突出,是张非常无趣的脸。他稍微倚靠着窗户,一直闭着眼睛思考着什么。看到他的样子,我突然有种似曾相识的感觉。

我又看向那位老绅士的胡子。烟卷已经点燃,他正悠然地吐着烟圈。我茫然地看着他吸烟的样子,然后又转移眼光看向他旁边的男人,想到"他跟那个人有点儿相似"。

他的胡须比我认识的那个人略多,但脸颊周边和鼻子形状都越看越像那个人。

"他现在在干什么呢?"我与那个男人相识,还是发生在我没有自己的房子暂住公寓的时候。那时,他说老家有病人,让妻子回去了,自己一个人租公寓住。我们同租一个公寓,他的房间在我房间的正对面,我们就认识了。

他说自己是个某省的官员。但那时,他每天起床很晚,哪儿也不去,整天把棋盘往自己面前一放,一个劲地摆弄棋子。无论什么时候看到他,他都是一副无聊至极的表情。他一整天也不出去散步,也没有人过来找他玩。晚饭时三四杯酒下肚,他便满脸通红,不停地调侃女仆。他笨拙的样子让人感觉有些亲切。

一天早晨,一位女仆憋不住笑地跑进来,对我说:"……先生,昨天对门房间发生了不得了的事情哟。"她说,今天在某先生房间收拾床铺的时候,发现了疑似另一位女仆的发卡。我以为这只是那位女仆瞎猜的,结果之后听到的是他因与另一位女仆的关系而面临诸多烦恼的事情。

"他明明有那么好的夫人,却被那种女人勾引,真不知道他是怎么想的。"女仆半带嫉妒的话语在我的耳边回响。

我看着那个男人的脸,回忆着那些事情。那个男人一动也不动,眼睛还像一开始那样轻轻地闭着。他半张着嘴,一副很舒服的样子,好像睡着了……他到底在想什么呢?……他的脸比之前看到的更显乡土气息。……那个女人身躯庞大如牛,明明是个略显愚钝的乡下人,和服的领子上却沾着粉。那个涂着脂粉的女人到底怎么样了?她刚来的时候我以为她只是个乡下姑娘,离开那个公寓后,有一天晚上我与那个女人擦肩而过,从她的走路姿势都感受到了落魄。……那人已经抛弃那个女人了吗?他那回到乡下的妻子又回来了吗?……看着那个男人的脸,感觉他额头的皱纹和瘦削的脸颊似乎是有什么缘由的。

我一直盯着那个男人的脸,心里想着如果他能睁开眼就好了。我会跟他说"好久不见"。我一直等待着,如果他能睁开眼,我可能就会清楚地感受到那个人心中所想。不,或者他睁开眼,我会发现是认错了人。我等待着,希望他马上睁开眼。可是那个男人还是一动也不动。

难道他睡着了吗?好像并不是。我自己内心稍微有些焦急了。后来,电车开到了新宿。那个男人突然站起来,逃也似的下车了。

他站起来的时候,我没能看到他的脸。

(七)

三月某日

今天,从九州的朋友T那里来了一封信,信中说岛名平藏在四天前的晚上被车碾轧致死,地点是在小仓前的车站。信中详细描述了岛名死时的情形。

岛名十三岁离开家乡,在铁道公司当工勤人员。我与他同岁,一直住在一起。看到信的时候,我立刻断定:"岛名怎么可能会被车轧死呢?这肯定是T编造的谎言。"

但谁又会以编造别人的悲惨故事为乐呢?但我还是那么毫无道理地想着。

我们已经分别三年了,不,可能更久了。在此期间,我没有认真地想起过他。然而,当今天突然看到这封信,脑海中浮现出了岛名的脸。

"他肯定是个能做大事的男人。"

我小时候曾一直坚信。

五月某日

不知为什么,今天突然想起岛名。

我拿出以前的照片看。一张合影中，除父母、老人和兄弟六人外，还有当时还是学生的岛名和我挨在一起。当时有很多学生来我家，但跟我家人一起合过影的只有岛名。不知为什么，这让人产生一种不可思议的感觉。我甚至觉得他不是外人。翻着日记，我恰巧翻到了岛名死的那一天的日记内容。其中一节写道："今天去了朋友S家，我们一直聊天到深夜。在S家的大杂院，听说了去年一位老妇上吊自杀的事情。两个人心平气和地讨论起了人死后的感觉……"这是岛名死的那一天，恐怕这是我自己在他死时所做的事情。……于是，我此前完全没有思考过的岛名临死的样子清晰地浮现在眼前。跟T在信中所描述的那样，岛名的身体被碾轧成了两段，惨不忍睹、浑身是血的岛名浮现在我的眼前。

我不由得战栗起来。

（八）

六月某日

我去K君处，突然听到了席间传出似曾相识的声音。打开隔扇，与K君面对面坐着的男人突然转向我，喊了一声"呀"。

他是已经三年没遇到的"某人"。我也说着"呀"，然后站在那里，略微踌躇了一下，不由得屏住呼吸凝视着他的脸。依然不变的是他因长期饮酒而变得紫红的脸，颧骨格外突出，浑浊的眼睛，粗俗的大嘴，脸似乎被揉成一团，不断出现痉挛症状，这种毛病也是他以前就有的。在没见面的这段时间，他鼻子下面长出了又粗又干枯的胡须。这是与以前相比唯一的不同之处，显得更加寂寞。我坐到他旁边，某人用狐疑的眼神稍微看了一下我的脸，说"那之后有好久没见了呢"。他刻意做出十分欢快明朗的样子，像是在做什么试验一样，等着我的回答。声音似乎有些沙哑。

那个男人呈现出的是十分不堪的状态，我佯装不知地轻轻说道："呀，好久不见。"于是，某人又露出狡黠的眼神，轻轻看了我一眼，突然皱起嘴巴，嘴周满是皱纹，浮现出瞧不起人的笑意。

那样子似乎是在说，"又见到这个男人了"。他自称是明治时期活跃的名士的孩子，他掩饰内心的脆弱，硬是表现得很清高的样子，以漂泊的不幸人生作为谈资，博取众人的好奇心，但后来因生活所迫去乡下了。酒是他生命的全部，他不停地喝酒。生在东京是他最骄傲的事情，他曾与生母一起生活，但那个老太婆多嘴多舌，任性、多疑，身体瘦削，头发花白，让人感觉不到一丝温情。最后，母子二人因为吵架而分道扬镳。想到这些，我突然很同情这个人，于是问道："最近怎么样？"他又用欢快的语气回答道："失业了，又回东京了。……我就在这里，你来玩呀。"说完，他用因酒精中毒而不停颤抖的手从名片夹中取出名片。上面写着"某某新闻记者某人"。他眼睛凑近那张名片，呬吧了一下嘴说道："新的还没印出来……因为没有钱……呵呵。"他笑着伸出手，很不见外地从K君的桌子上拿起铅笔，用颤抖的手在名片上写上了门牌号。然后，他删掉了某某记者这几个字，然后递到我的面前。我也拿出自己的名片，不经意地问道："你为什么离开报社了呢？"

"嗯？……"他露出奇怪的眼神。K君在一旁说道："什么呀，他可是领了好多钱来的。"

"我已经在乡下受够了，正想着无论如何都要在东京干出一番新事业……不知道能不能进某某新闻社啊……K君，你不是有认识的人在里面吗？"

"不知道怎么样呢，我帮你问问吧。刚才不是已经说好了吗？"

"嗯嗯。"某人蜷缩着身子，频频点头。

他又开始聊各种事情，但他所说的似乎都是自己觉得有趣的事情，我们都兴味索然。他说了一会儿之后，似乎也失去了兴致，逐渐安静下来。

终于，某人说道："那么，我过两三天再来。就拜托你和K君了。"他对与此事毫无关系的我也打了个招呼，然后站起来走了。K君起身送他，某人在出口处又停下来，转过头带着焦虑不安的神情对K君小声嘀咕着什么，过了一会儿又提高了嗓音说道："如果你不帮我，我们就没饭吃了。"他吐完苦水，又开始哈哈地讪笑起来。……后来，他迈着匆匆的脚步走了。

K君回到席位上坐下，像是自言自语道："太乖僻了，真是令人为难。"

我与K君谈起有关某人的传言，聊了很多以前的事。……说着说着，我突然觉得某人很可怜。

九月某日

今天是K君搬家的日子,我和K君一起去神乐坂,恰巧遇到某人乘着车子在K君以前的家前面徘徊。

我说:"哎,好像是某人。"K君说:"是呀……"于是我们两个人朝他走去。

某人发现我们,立刻摆出奇怪的手势,从车上夸张地说道:"哎,太过分了。K君,你搬到哪里去了?"车子来到我们面前,完全停了下来。K君冷静地笑了笑,说道:"今天刚搬家……你有什么事吗?"

"啊,我需要把客人拜托的东西尽快送到。因为对方很着急。"

"啊,太忙了啊。"K君 依然很冷静。我往前走了几步,某人立刻从车上探出身体,似乎有什么事要跟K君说。他跟车夫说了句话,突然跳下车,与K君不停地说着什么。

过了一会儿,他又露齿而笑,身体前仰后合。我以为他还要说什么,结果他匆忙上了车。K君站在那里看着。

他又从车上对着我说:"H君,再见了!"

他的声音听起来兴致勃勃。我觉得没什么意思,但还是转过头来轻轻地颔首致意。某人使劲瞪了我一眼,说道:"得意的时候不会一直持续。不信等着看!"说完,他在车上转身望向其他方向。于是,车夫调整车辕在胡同处转弯了。

我等着K君,两个人又一起并排走。K君说,某人在茨城的报社找到了工作,暂时可以安心了。他露出放心的表情,停了一下又说道:"他很有才能,但判断力是才能的基础,他似乎没有判断力。虽然他自己认为很能干……"

他又去乡下了吗?某人总令人觉得他不像是在东京工作的人。不,我是这么认为的。

(九)

四月某日

父亲带着母亲去小金井,弟弟们去参加日本银行举办的赛艇比赛,妹妹去教堂,我要去看学校的运动会。今天,家里所有人各自准备好,陆续出门了。

我到操场是在11点,因为到得有点晚,操场上已聚满了人。看到这么多人,我心里不由得有些着急起来。我想找一下今天应该已经到达的女生们，于是便到了女生席后面。掀起帐篷一看，里面也有很多人。我只能看到身着艳丽服装和系着宽丝带的女生背影。我没找到认识的那群女生。我正在那里转圈走，恰好遇到了同年级的 S 君从特别座席中出来。我们互相轻轻地说了声"呀"，然后彼此走近，突然紧紧地握了一下手，心照不宣地一起笑了起来。

"你的（同伴）呢？" S 君轻轻探出头，眼里带着笑意地小声问道。

"应该已经到了。但是还没碰上。你的呢？"

"一起来的。"

"这样啊。"

两个人又心照不宣地笑了起来。

在我们聊天的过程中，不时有人带着喜气洋洋的表情从旁边经过。正当我们准备肩并肩走向特别坐席的时候，旁边的帐篷被掀了起来，一位脸部轮廓分明的女子露出了半个身子。略显蔚蓝的紫色披风在阳光的照耀下有些晃人眼睛。是小秀。她与我四目相对，用眼神打了下招呼，然后从长凳上轻轻跃起，飞一般地来到了帐篷外面。我悄悄看了一下 S 君的脸，径直走向她。

小秀说:"真不错,来了啊。你一个人?"我回答道:"刚好正在找你呢。"话音刚落,小秀的妹妹出来了,之后又出来一个人。这是位十八九岁的女子,目光坚毅,性格爽朗。看到她的瞬间,我立即觉得曾经在哪里见过她。小秀向我介绍说,她是音乐学校的学生。待小秀介绍结束后,我往后面看去,朝着看向我们的S君递了个眼神。S君晃动着瘦小的身躯欢快地走了过来。我也向这群女子简单地介绍了一下S君。这下有五个人了。大家朝着S君刚才所在的特别席位走去。

那天回来的路上,小秀特意提到了小芳。我也对小芳今天没有来感到失落,不过不光是今天。她去了遥远的大阪,对于我而言这也是多想无益的事情。但听到有人特意提起她的名字,我胸中还是涌现出了一种难以名状的不愉快情绪。

尽管如此,运动会的过程还是很愉快的。在冠军争夺战中,政治系获得了胜利。大家都累极了。后来S君的两个伙伴加入进来,我们变成七个人了。大家跟着络绎不绝的人流踏上了回家的路。

在回去的路上,我突然问小秀:"对了,今天那个音乐学校的女生,我怎么觉得在哪里见过她。"

于是,小秀稍微回了一下头,然后向右后方走了两步,看着那个人的脸,说道:"吉田刚才也说了同样的话,说他以前在哪里见过你。"

"……"我惊讶地看着小秀的脸。

到了江户川边,小秀姐妹俩跟我们道别,朝小石川方向走去。S君和他一个同伴不停地聊着天。

我和吉田没有聊天对象,都默默地走着。于是,我走到吉田旁边,笑着说道:"累了吧?"

"是呀。"

"你学的是钢琴?"

"是的。"

"……"在说出下句话前,我稍微犹豫了一下。

"恕我冒昧说一句,我觉得好像在哪里见过你。"

"是呀。刚才我也是这么觉得。……我还问过松本呢。"

"是在哪里见的呢?"

"不知道啊。"对方茫然地回答道,似乎也是想不出答案。

我再次看向她。她也看着我的脸。

（十）

十二月某日

今天早上，我在看某新报的时候，在一版的角落发现了一则广告。

"木下梶，请谅解。母亲病危，不管你在哪里，当你看到这则广告，请速归。"

于是我浮想联翩，就像读了小说一样想象着各种情节。母子冲突、家庭分裂……

三月某日

H君他们两三个人一起去荒川堤看樱草。回来的路上，我们到了某个火车站，准备在那里上火车。

正好是下午两点。在炎热的春日里，我们满头大汗，走累了，于是进入候车室，各自找到可以倚靠的地方，颓然地坐了下来。

四周一片静寂，令人忍不住打瞌睡。我在离售票窗口最近的地方坐着。

于是，从站台方向传来一个苍老而粗重的男子声音。

"那个人已经不在东京了吗？"

过了一会儿，一位三十四五岁的女子回答道："听说那个女人去了中国。"

"中国的话，那是去了'大连'周边吗？"

"可能是吧。"

对话的声音听起来十分遥远，我正昏昏欲睡，突然听到"啪嗒"一声，我又回过神来。买票的窗口开着。我抬起头，发现眼前站着一个目光如炬、肤色黝黑、有点赌徒气质的大兵。他身边站着一个梳着小发髻的神经质女人。我立刻反应过来，刚才听到的就是这两个人的对话。

不久，火车到站了。

我坐上了火车，在摇摇晃晃中，我漫无目的地思考着。突然，一股奇怪的记忆涌上心头。我想起了"木下梶"的广告。

我蓦地想到，今天无意中听到的那对夫妇的对话与那则广告或许有一种不可思议的关系。

（完）